강한 금강불괴 되다 1

김대산 현대 판타지 소설

초판 1쇄 찍은 날 § 2019년 7월 25일
초판 1쇄 펴낸 날 § 2019년 8월 1일

지은이 § 김대산
펴낸이 § 서경석

총괄팀장 § 노종아
편집책임 § 강민구
디자인 § 소소연

펴낸곳 § 도서출판 청어람
등록번호 § 제387-1999-000006호
등록일자 § 1999. 5. 31
어람번호 § 제1-3036호

주소 § 경기도 부천시 부일로 483번길 40 서경B/D 3F (우) 14640
전화 § 032-656-4452 팩스 § 032-656-4453
http://www.chungeoram.com
E-mail § chungeorambook@daum.net

ⓒ 김대산, 2019

ISBN 979-11-04-92032-5 04810
ISBN 979-11-04-92031-8 (세트)

MODERN FANTASTIC STORY

강한 금강불괴 되다

1

김대산 현대 판타지 소설

도서출판 청어람

강한
금강불괴 되다

Contents

프롤로그

개 풀 뜯어 먹는 소리

외단(外丹)?

내단(內丹)?

금강불괴?

마음이 일어 행하지 못할 것이 없게 되는 궁극의 경지?

……

이게 다 무슨 개 풀 뜯어 먹는 소리야?

……

하긴 개가 풀을 뜯어 먹는 경우도 있긴 하다더라!

금강불괴

"도대체… 무슨 일이 있었던 거예요?"

진초희가 화들짝 놀라더니 급기야는 울먹이고 만다.

그가 당황스러운 중에 그것이 바로 자신의 몰골 때문이라는 것을 뒤늦게 눈치채고는 얼른 스스로의 꼴을 살펴본다. 지금껏 그럴 여유를 미처 가지지 못한 것이다.

가히 엉망이다. 옷에는 숭숭 구멍이 나고 온통 해져서 그야말로 엉망이다.

그 사이로 드러난 맨살에는 이미 굳어버려 검붉게 변색된 피딱지가 징그럽다.

그러나 그가 슬쩍 복부와 옆구리의 피부를 쓸어보는데, 적어도 촉감으로는 그저 찰과상 정도로 피부만 상한 정도이지 깊은 상처는 없는 것 같다.

"어떻게 된 겁니까?"

중산이 또한 놀란 기색으로 묻는 것을 그가 짐짓 덤덤하게 웃으며 답한다.

"무식한 놈들이 수류탄을 터뜨리지 뭐야. 아주 난리도 아니었는데, 그나마 이 정도인 게 다행이지, 뭐."

중산과 진초희가 동시이다시피 두 눈을 크게 뜨는 걸 보고 그가 가볍게 실소하며 덧붙인다.

"그러고 보니 수류탄 그거 혹시 불량품 아닌지 몰라? 위력이 이 정도밖에 안 되는 걸 보면 말이야."

그 말에 중산이 절레절레 고개를 젓고 만다.

'금강불괴!'

그가 다시금 떠올려 보게 되는 말이다.

그때 서해개발 사무실에서 야쿠자들의 총격에 속수무책으로 당해 몸에 몇 개인가의 총알이 박힌 채로 응급실에 실려 갔을 때만 해도,

'그러면 그렇지, 금강불괴는 무슨……'

하고 피식 웃고 넘겼다. 다만 그처럼 여러 개의 총알이 몸에 박히고도 살아남았다는 사실에서, 어쨌든 죽지 않았다는 사실에서는 억지로나마 금강불괴의 의미를 두기는 했지만.

그러나 지금 그는 괜스레 뿌듯하다. 총격에 당하고 또 수류탄에까지 당하고도 기껏 피부에 찰과상의 피딱지나 생기는 정도에 그쳤으니 말이다. 물론 총격에는 빗겨 맞은 것이고, 또 수류탄은 불량품이었을지도 모르지만.

궁극

그는 이윽고 궁극에 도달한다.

내단의 완성으로 완전한 금강신(金剛身)의 금강불괴지신(金

剛不壞之身)을 이루었고, 또한 외단의 완성으로 그 어디에도 없고 그 어디에도 있는 진정한 부동신(不動身)의 무궁지경(無窮之境)에 이르렀다. 이는 곧 금강부동(金剛不動)의 완성이니 마침내 마음이 일어 행하지 못할 것이 없는 궁극의 경지에 도달한 것이다.

그럼에도 최후 최종의 단계가 하나 더 남긴 했다. 그것은 초월의 단계이다. 즉 정신의 초월이고, 마침내 신의 영역으로 진입하는 것이다.

그는 지금 그 초입의 단계에 서 있다. 가볍게 한 발만 내디디면 이제껏 누구도 가보지 못한 초월의 세계, 신의 영역으로 들어갈 수가 있을 것이다. 그러나 그는 더 이상 나아가지 않기로 한다. 오히려 한 발 뒤로 물러선다. 신이 되지 않기 위해, 인간으로 남기 위해.

이런 기회가 결코 다시 오지 않으리라는 것을 안다. 그러나 후회는 없다. 불완전할지라도, 그래서 끊임없이 오욕칠정에 시달리더라도 인간으로 남고 싶다.

비록 평범하게 되돌아가지는 못할지라도, 평범한 체라도 하며 살아가고 싶다.

금강부동심결

부동신(不動身)은 사람과 자연의 기운을 서로 조화시키는 무한한 이치에 관한 것이다.

부동신을 익혀 자연의 기운과 동화되는 경지에 이르게 되면 신체 외부에 무형의 기공간(氣空間)이 형성되게 되는데 이것을 외단(外丹)이라고 한다.

외단은 성취에 따라 무한히 넓어지고 깊어져서 이윽고 사람과 자연이 온전히 동화되는 무궁(無窮)의 도(道)에 이를 수 있다.

부동신이 높은 경지로 접어들기 위해서는 그 가없음의 중심이 되어줄 굳건한 근원을 필요로 한다. 아무리 가없고 무궁하다 하더라도 그 근원이 없다는 것은 결국 존재하는 것이 아니기 때문이다. 그 굳건한 근원이 바로 금강신(金剛身)이다.

금강신은 외단을 일정 경지 이상으로 성취한 후에야 수련을 시작할 수 있는데, 그것은 내단(內丹)의 발아가 전제되어야 하기 때문이다. 내단은 부동신의 외단에 대비되는 개념으로 금강신에서 추구하는 내공의 본원(本源)이다.

부동신과 금강신, 곧 외단과 내단은 상생의 이치로 외부의 자극과 충격을 촉매로 삼아 끊임없이 서로를 보완하는 과정을 수행하면서 스스로 강해진다.

그리하여 내단이 천만 번 두드려지면 이윽고 완전한 금강신에 이르는데, 곧 금강불괴지신(金剛不壞之身)이다.

더불어 금강불괴지신을 근원으로 무한히 확장한 외단은 이

윽고 그 어디에도 없고 또한 그 어디에도 있는 무궁지경(無窮
之境)에 이르게 된다.

이는 곧 금강부동(金剛不動)의 완성이니 마음이 일어 행하지
못할 것이 없게 되는 궁극의 경지이다.

제1장

—

색광(色狂)

기일(忌日)

진초희는 어머니를 추억하고 있다.

시간은 너무도 빨리 흘러가 버린다. 벌써 삼주기 기일이다. 그러나 여전히 그립다. 여전히 못 견디도록 사무친다.

그녀는 맞은편에 놓인 어머니의 잔에 먼저 화이트와인을 채운다.

생전의 어머니는 이곳에 앉아서 그녀와 함께 창밖의 강변 풍경을 바라보며 와인을 즐기는 시간이 가장 행복하다고 했다.

그녀가 일 년에 한 번 이날만큼은 꼭 이곳 카페에 와서 어머니와 함께 즐겨 앉던 바로 그 자리에 앉아 어머니의 잔에 화이트와인 한 잔을 부어놓는 이유다.

평범하게! 자유롭게!

하염없이 창밖을 바라보고 있던 그녀는 흘깃 뒤쪽을 돌아본다. 멀찍이 떨어진 카페의 구석 자리. 삼십 대 초반쯤의 건장한 사내 하나가 마치 사진 속의 정물(靜物)처럼 앉아 있다.

그녀와 함께 온 사람이다. 그러나 동행이라거나 일행이라기에는 사뭇 애매한 사람이다. 그녀로서도 그에 대해 아는 것은 별로 많지 않다.

그의 이름이 중산(重山)이라는 것, 재일동포라는 것, 일 년 전쯤에 일본의 친부(親父)가 홀로 있는 그녀를 걱정하여 보낸 사람이라는 것, 그 정도가 전부이다.

그녀는 거부했다. 성인인 그녀가 누구의 돌봄을 받을 까닭도 없거니와 그것이 아버지의 뜻에 의한 것이라면 더욱이 거부감부터 생긴 때문이다.

물론 아버지의 인생에서도 그럴 수밖에 없는 상황과 까닭이 있었을 것이다. 그렇더라도 싫다. 아버지가 그녀와 어머니에게 부여한 특별함이 싫다.

어머니와 함께 있을 때는 어머니 때문에라도 싫은 표시를 하지 못했지만 이제는 다르다. 그녀는 아버지와 관계없는 그녀 자신의 인생을 살 것이다. 평범하게! 자유롭게!

그렇더라도 중산이라는 사람이 싫은 건 아니다. 오히려 그는 고마운 사람이다. 비록 그에게는 임무이겠지만, 지금도 그녀의 심경을 거스르거나 혹은 방해하지 않으려 멀찍이 거리를 두고 있는 것처럼 늘 임무 이상의 정성과 배려로 그녀를 보살피고 있다. 그녀가 내내 건조하게 대함에도 불구하고.

그녀는 다시 창밖으로 시선을 준다. 그녀의 시선을 따라 어머니의 시선이 함께하는 것 같다. 오늘은 아무래도 오래도록 어머니를 추억해야 할 것 같다.

미친 새끼

토요일 밤이다.

정호일은 낮부터 시작된 클럽 파티 중간에 밖으로 나온다. 최도준이 늘 똑같은 레퍼토리가 지겹다며 어디 교외로 나가서 시원한 바람이라도 쐬자고 했기 때문이다. 사실 그로서는 별로 내키지 않으나 응할 수밖에 없는 노릇이다.

"야, 윤 팀장!"

최도준의 부름에 그의 수행 비서가 즉각 달려온다.

"예, 대표님!"

"컨버터블로 가져오라고 했어?"

"예! 이미 도착해서 대기하고 있는 중입니다!"

곧바로 차 한 대가 그들 앞으로 와서 선다. 윤 팀장이 운전대를 넘겨받고, 최도준과 정호일은 뒷자리로 탄다.

"오픈해!"

최도준의 지시에,

스르륵!

부드럽게 모터 돌아가는 소리가 나며 차의 지붕이 열린다.

"이게 말이야, 천 쪼가리로 된 소프트톱은 맛이 안 나거든. 하드톱이라야 진짜 컨버터블이라고 할 수 있는 거거든. 어때? 일단 개방되는 소리부터가 그럴듯하잖아?"

최도준의 말에 정호일은 짐짓 어깨를 으쓱해 보인다. 어느덧 밤이다. 바람이 좀 차다. 소프트톱이건 하드톱이건 한밤중에 차 뚜껑은 왜 열어젖히고 지랄인지…….

'미친 새끼!'

저기 어때?

시가지를 빠져나가 어느덧 교외로 접어드는 중인데, 갑자기 빗방울이 비치기 시작한다.

"아, 씨발! 이거 왜 이래? 간만에 기분 좀 내려는데 하늘이 안 도와주네? 야, 지붕 닫아!"

최도준이 짜증스럽게 외친다. 정호일은 애써 웃음기를 감춘다. 차창 밖으로는 회색빛의 강줄기가 차와 나란히 달리고 있다.

"이대로 돌아가기는 모양이 좀 구기고… 어때? 날씨도 꾸리한데 우리 어디 가서 술이나 한 잔 더 하자."

최도준은 또 변덕이다.

"이런 구석에 술 마실 만한 데가 있을라고?"

정호일이 별로 내키지 않는다는 뜻을 표시했지만, 언제나 그렇듯이 최도준은 일방적이다.

"아무 데나 가지 뭐. 어차피 이렇게 된 거 포장마차에 소주면 어때? 취하기는 마찬가지 아냐?"

그러더니 최도준은 뭔가를 발견한 모양새다.

"어? 저기 어때? 분위기 좀 나겠는데?"

그러곤 곧장 윤 팀장에게 차를 세우게 한다.

길가에 카페로 보이는 아담한 건물 하나가 서 있다.

이게 또 병이 도졌구만!

카페 안.

전면의 통으로 된 넓은 창으로 강변 쪽의 야경이 오롯이 들어오고 있다.

그러나 정호일은 별 감흥이 생기지 않는다. 강변 풍경이야 이곳까지 오는 동안 차창 밖으로 이미 지겹도록 봤다. 그리고

비 오는 날 강변 풍경이야 괜히 사람 기분만 우중충하게 만들 뿐이다.

어차피 술이나 한 잔 더 하자 해서 들어온 것이니 정호일이 자리를 고르고 할 것도 없이 입구에서 가까운 왼편 모퉁이 자리를 잡는데, 최도준도 수수롭게 고개를 끄덕인다.

메뉴는 그저 그렇다. 그냥 소박하다. 어차피 그들을 만족시킬 만한 급이 있을 거라 기대한 건 아니어서 적당히 위스키 한 병과 과일 안주를 시킨다.

주문한 것들을 기다리는 동안 둘은 아무 말이 없다. 그리고 생각 외로 시간이 많이 걸린다는 점에서 정호일은 차츰 어떤 불안한 예감에 젖어든다. 아니나 다를까.

"내가 먼저 찍었다?"

최도준의 느닷없는 소리다.

"뭘?"

"쟤 말이야."

최도준이 눈짓으로 카페의 안쪽을 가리킨다. 그쪽을 돌아보기도 전에 정호일의 불안감은 마치 조건반사인 것처럼 끈적거리는 불쾌감으로 변질된다.

'이게 또 병이 도졌구만.'

색광(色狂)

최도준의 여성 편력은 가까운 사람들 사이에서는 소문이
자자하다. 단순히 바람둥이 정도가 아니다. 아예 병적이다. 눈
에 드는 여자는 모조리 가져야 직성이 풀리는 색광(色狂)이다.

한 여자에게 오래 끌리는 것도 아니다. 대개 한 번으로 끝
난다. 쉽게 흥미를 가지고 곧바로 흥미를 잃는 그런 타입이다.
지금까지 그렇게 거쳐 간 여자가 수를 헤아리기 어려울 정도
이다.

그 과정에서 문제도 많이 생겼다. 왜 문제가 생기지 않겠는
가? 그러나 문제가 밖으로 도출된 적은 단 한 번도 없다.

그게 최도준이다.

그게 최도준이 가진 힘과 배경이다.

갑(甲) 중의 을(乙)

홀의 안쪽 기둥 뒤 창가 쪽 테이블에 앉은 여인의 옆모습이
보인다. 구석진 자리에다 기둥에 가려져서 입구 쪽에서는 잘
안 보이는 자리이나 그들이 앉은 자리에서는 대각선 방향으로
시야가 열린다.

정호일이 보기에도 그 이십 대 중후반쯤으로 보이는 여자
는 한눈에도 미인이다. 단아한 기품까지 있어 보인다. 과연 최
도준이 대번에 찍을 만하다 싶다.

"완전 한 폭의 그림 같지 않아? 쟤, 완전 내 스타일이야."

최도준의 감탄이 잇따른다.

정호일은 불쑥 화가 치민다. 물론 최도준에게 희생될 여자
가 불쌍하거나 가엾어서는 아니다. 또한 최도준이 무슨 짓을
하던, 무슨 개지랄을 떨던 그와 엮이지만 않는다면 그가 굳이
상관할 것도 아니다.

다만 그가 보는 앞에서 이런 짓거리를 아무 거리낌 없이, 오
히려 자랑하듯이 벌이는 최도준의 저의를 다시금 생각해 보
기 때문이다. 최도준은 자신이 이런 짓거리를 하는 것을 그에
게 보여줌으로써 자신이 우위에 있다는 것을 확인시키고 또
그 우월을 즐기려는 것으로 생각되기 때문이다.

그도 최도준도 충분히 갑(甲)의 지위를 갖춘 사람들이라고
할 수 있다. 그러나 갑 중에서도 다시 갑과 을(乙)의 관계는 존
재한다. 겉으로는 친구라지만, 그들 사이에도 엄연한 서열이
있다. 즉 최도준은 갑이고 그는 을이다.

그러나 그 서열은 둘 각자가 가진 능력으로 결정된 것이라
기보다는 그들 아버지의 관계가 그렇기 때문이다. 최도준의
아버지가 갑이고 그의 아버지가 을이어서 그 서열 관계가 그
들에게도 그대로 적용되는 것이다.

그러나 정호일은 확신을 가지고 있다. 언젠가 그가 갑이 되
고 최도준이 을이 되는 날이 올 거라고.

돈은 권력보다 오래간다. 지금은 권력을 가진 쪽인 최도
준이 갑이지만 결국은 돈을 가진 쪽인 그가 갑이 될 것이다.

그리고 권력에서 물러난, 혹은 밀려난 저들은 을도 못 되는 병(丙)이나 정(丁), 혹은 그보다 더 아래의 밑바닥이 되어 있을 것이다.

'언젠가는 반드시 누르고 짓밟아줄 것이다! 반드시! 한때나마 내 위에 있었다는 이유만으로도!'

옹심

최도준이 찍은 희생양은 볼수록 꽤 괜찮은 인상이다. 그래서일까? 정호일의 화는 이윽고 옹심이 된다. 어떻게든 훼방을 놓고 싶다. 오늘만큼은.

최도준은 여자에게 몰입하는 듯이 아예 시선을 고정시켜 놓고 있다.

'이 시간에 이런 한적한 곳에 저 정도 미모와 기품까지 갖춘 여자가 홀로 나와 있다는 건 스스로를 지킬 자신이 있다는 것 아닐까? 그런 자신도 없이 무방비로 저렇게 있다면 무슨 일을 당해도 싸다.'

정호일이 여자에 대해서도 괜스러운 억측을 떠올려 보면서 슬쩍 실내를 한번 돌아본다. 그런데 마침 그의 억측에 대한 사뭇 그럴듯한 근거 하나를 발견한다.

여자와 길게 대각선을 이루는 위치에 사내 하나가 앉아 있다. 회색 재킷을 걸친 그 사내는 삼십 대 초중반쯤에 앉은 모

습에서도 건장함이 돋보인다. 그리고 사내의 자리는 여자가
잘 보이면서도 여자의 주의를 크게 끌지 않고 또한 실내 전체
를 살펴볼 수 있는 위치이다.

그런 점에서 정호일은 사내가 여자와 어떤 관계에 있을 것
이라고 유추해 본다. 물론 기왕의 억측에 대한 연장선일 가능
성이 다분하다고 하겠지만.

훼방

정호일이 잠시간 시선을 주고 있자 그 회색 재킷의 사내는
이내 눈치를 챈 듯이 힐끗 시선을 마주쳐 온다. 그러나 곧장
다시 시선을 돌려서는 본래의 평정을 유지한다.

그럼에도 정호일은 계속해서 사내에게 노골적으로 시선을
고정시켜 놓는다. 그러자 최도준도 이윽고 뭔가를 느낀 듯하
다. 그것이야말로 정호일이 바라는 바이기도 하지만.

'지키는 자가 있으니 그만둬라.'

그게 정호일의 일차적인 훼방이다.

물론 그렇다고 눈 하나 깜빡할 최도준이 아니다. 일단 한번
점을 찍었으면 수단과 방법을 가리지 않고 반드시 목적을 달
성하고야 마는 성격이다. 그 집착의 정도가 지나칠 정도여서
병적이라고 하는 것이다.

역시나 방해꾼으로 보이는 존재가 있다는 사실에 대해 최

도준은 오히려 흥미를 느끼는 눈치다.

이 일차적인 훼방에서 정호일의 의도하는 바는 최도준이 너무 쉽게는 목적을 달성하지 못하도록 하는 데 있다. 나아가서 최도준이 어떤 틈을 보이고 그 틈을 이용해 여자가 그의 마수에서 도망치는 결과로 이어진다면 더 이상 통쾌할 게 없겠지만.

작업

"아, 지금 그게 완성되었다면 정말 끝내줄 텐데……."

위스키 한 잔을 입에 털어 넣고 나서 최도준이 짐짓 아쉬운 듯 뱉는 탄식이다.

"그게 뭔데?"

"그런 게 있어."

"좋은 거 있으면 혼자만 즐기지 말고 같이 좀 나누자."

최도준이 피식 웃고는 휴대폰을 꺼낸다.

"야, 윤 팀장! 잠깐 이리 좀 와봐!"

윤 팀장이 곧장 달려온다.

"그거 어떻게 돼가고 있어?"

최도준의 물음이 느닷없는 것일 수 있을 텐데, 윤 팀장은 곧바로 알아들은 듯하다.

"아직… 날짜가 며칠 더 남았습니다."

"이번에는 확실한 거야?"

"그런 것… 같습니다."

"그러면 그런 거고 아니면 아닌 거지, 뭐가 맨날 그런 것 같습니다야?"

"죄송합니다. 지난주에 중간 확인을 했는데 차질 없이 진행되고 있었습니다."

"그래? 한 번 더 확인해 보도록 하고… 거, 돈 좀 더 집어주고 하루라도 빨리 끝내라고 해!"

"알겠습니다!"

윤 팀장이 고개를 숙였다 드는데, 최도준이 슬쩍 한 곳을 눈짓한다.

"저기……."

윤 팀장이 재빨리 최도준의 눈짓을 따라간다. 그리고 이번에도 무슨 뜻인지 곧바로 눈치를 긁는다. 하긴 한두 번 해보는 것도 아니니 더 이상의 설명이 필요할 건 아니다.

"알겠습니다. 조치하겠습니다."

다시 한번 고개를 숙이고 윤 팀장은 빠른 걸음으로 카페를 나간다.

정호일은 초조해진다. 이제 작업이 진행될 텐데, 여자는 마치 무슨 깊은 회상에 잠긴 듯이 하염없이 창밖만 바라보고 있다.

최도준이 느긋하게 또 한 잔의 술을 비워내는데, 그의 휴대폰에 진동이 울린다. 아마도 윤 팀장의 보고인 듯하다. 그러나 잠깐 휴대폰을 확인한 그는 다시 여인에게 시선을 못 박는다. 앞자리의 정호일은 이제 완전히 그의 관심 밖이다.

진짜배기

여자가 자리에서 일어선다. 그러나 그 회색 재킷의 사내가 시선으로만 여자를 좇을 뿐 여전히 자리를 지키고 있다는 데서 여자는 카페를 나서려는 것이 아니라 아마도 화장실을 가는 듯하다.

그런데 그때다.

쾅!

바깥에서 갑자기 제법 요란한 소리가 울린다. 창밖을 보니 차량 두 대가 충돌한 모양인데, 아마도 주차되어 있는 차량을 다른 차가 들이받은 것으로 보인다.

그런데 그런 광경을 보고 회색 재킷 사내가 당황해하며 빠르게 밖으로 달려 나간다. 아마도 주차되어 있던 차량이 바로 그의 차인 모양이다.

회색 재킷 사내가 카페의 문을 나설 때, 윤 팀장이 카페 안으로 들어선다. 그리고 재빨리 여자가 앉아 있던 테이블로 가서 테이블 위의 와인 잔과 물 잔에다 뭔가를 탄다.

"저 친구 좀 보소? 저게 얼마나 귀한 건데? 지 놈 몇 달 치

월급은 넘을 텐데 저렇게 막 뿌려대?"

최도준이 나지막하게 중얼거린다. 그러나 말은 그렇게 해도 그의 얼굴은 빙글거리고 있다. 최도준의 그런 모습에서 정호일은 언젠가 술자리에서 그가 한 얘기를 떠올린다.

"물뽕이니 뭐니 하는 것들 있잖아? 개중에는 진짜 무식하게 동물용 발정제 같은 걸 쓰는 놈들도 있다더라고. 흐흐흐! 그렇게 해서 여자들이 아예 정신 줄을 놓아버리면 도대체 그게 무슨 재미가 있겠어? 나한테 진짜배기가 있는데 말이지. 이게 진짜로 사랑의 묘약, 아니, 천상의 묘약이거든? 일단 먹었다 하면 그냥 환장을 해. 미치도록 남자를 갈구하게 된다는 거지. 아무리 요조숙녀라도 세상에 다시없는 색녀에다 요녀가 되어서는 남자를 그냥 극락으로 보내 버린다고. 아주 뽕 가게 말이야. 그런데 만약에 약을 먹었는데 남자를 못 만나잖아? 그럼 저 혼자 미쳐 나대다가 결국은 죽어. 제풀에 죽어버린다고."

주문처럼

중산은 신속하게 차량의 손상 부위를 확인한다. 운전석 쪽 문이 움푹 들어갈 정도로 제법 심하게 손상되었다.

그는 즉시 사고를 낸 차량의 운전자 인적 사항을 확인하고, 장면 사진을 몇 장 찍고, 렌터카 회사에 연락해서 사고 내용을 통보하고, 또 대체할 차량에 대한 긴급 지원을 요청하는 등의 조치를 신속하게 취한다.

그리고 그가 다시 급하게 카페 안으로 뛰어 들어갈 때 마침 진초희가 화장실에서 나와 자리로 돌아가고 있는 중이다.

그가 내심 안도의 한숨을 내쉬고는 조심스럽게 그녀에게로 간다. 그리고 간단히 차가 사고가 난 경위와 또 삼십 분 정도면 대체 차량이 도착할 것이란 상황 등을 설명한다.

진초희도 당장에 카페를 나설 생각은 아니기에 가볍게 고개를 끄덕인다. 그리고 마시던 와인 잔에 손을 가져간다.

'안 돼! 마시지 마라! 마시지 마라!'

정호일은 내심 주문처럼 외운다.

그러나 여자는 가볍게 와인 잔을 들어서 꽃잎처럼 붉은 입술로 가져간다.

빨리 끝내!

진초희가 자리에서 일어서고 있기에 중산이 얼른 곁으로 다가간다.

"갑자기 좀 답답하네요. 바람이라도 좀 쐬어야 할까 봐요."

그런 그녀의 얼굴이 몹시 붉어 보인다. 기껏 와인 한 잔에 그럴 것까지는 없겠기에 갑자기 몸에 무슨 이상이라도 생긴 게 아닌가 싶어서 중산의 얼굴에 걱정이 서린다.

진초희가 곧장 카페의 입구를 향해 걸어 나가는데, 그 걸음
걸이가 아무래도 불안정해 보인다.

중산이 그녀의 모습에서 눈을 떼지 않으며 얼른 카운터로
가서 계산을 하고는 그녀의 뒤를 따른다.

그런 모습을 지켜보고 있던 최도준이 회심의 미소를 짓는
다. 그리고 곁에 선 윤 팀장에게 나지막이 다짐을 둔다.

"지난번처럼 괜히 오래 끌어서 진 다 빠져 버린 애 데려오
지 말고… 빨리 끝내. 알았어?"

"알겠습니다. 최대한 신속하게 처리하겠습니다."

돌발 상황

어느샌지 가로등이 환하게 밝혀진 주차장에 15인승 승합차
한 대가 새로 들어와 있는데 앞 유리까지 짙게 선팅을 해서
차 안은 보이지 않는다.

그때 택시 한 대가 주차장으로 미끄러져 들어오더니 카페
의 출입구 가까이에 서 있는 진초희의 앞으로 선다. 그리고
중년의 남녀 한 쌍이 택시에서 내린다.

그런데 그 중년 남녀가 택시의 문을 닫으려는 것을 진초희
가 급하게 막고는 곧장 택시에 올라탄다. 그녀를 뒤따라 중산
이 택시 조수석으로 타려고 하는 것을 그녀는 사뭇 강한 투
로 제지한다.

"저 먼저 갈게요! 갑자기 들러야 할 곳이 생각났어요! 그러니까 중산 씨는 조금 있다가 대체 차량 오면 그거 타고 집으로 가세요!"

"아가씨, 그렇지만……!"

"괜찮아요! 무슨 일 있으면 바로 연락할게요! 기사 아저씨, 출발해 주세요!"

부웅!

택시가 곧장 출발하여 빠르게 주차장을 벗어난다. 중산이 당황하고 만다. 미처 생각지 못한 돌발 상황이다.

그러나 진초희가 어디로 가는지 짐작되는 바는 있다. 만약 그렇지 않았다면 억지로라도 그녀와 함께 갔을 것이다. 오늘 같은 날 그녀에게 잠시 혼자만의 시간을 갖게 해주는 것도 괜찮으리라. 그리고 이제 곧 대체 차량이 오는 대로 그녀를 뒤따라가면 될 일이다. 그녀의 어머니가 잠들어 있는 공원묘지로.

도주(逃走)

'아아! 내가 왜 이러지?'

진초희는 크게 당황스럽다. 카페에서 나올 때부터 몸에 열이 좀 있다 싶더니 점점 심해져서 이제는 온몸이 뜨겁게 느껴질 정도다. 아무래도 심상치가 않다.

그런데 그때다.

"저기… 손님, 뒤에서 차 한 대가 아까부터 계속 쫓아오는 것 같은데요?"

택시 기사가 룸미러로 뒤를 힐끔거리며 하는 말이다. 진초희가 고개를 돌려보니 승합 차량 한 대가 택시의 뒤쪽에 붙어 있다. 그녀가 고개를 갸웃할 때다.

번쩍!

번쩍!

그 승합차가 두세 번 하이 빔을 비추더니 갑자기 속도를 내서 택시의 오른편으로 붙는다. 그리고 승합차의 운전석 창문이 내려가며 손 하나가 밖으로 나오더니 차를 멈추라고 손짓한다.

승합차의 운전자는 모자를 눌러쓴 데다 마스크까지 하고 있는데 그 모습만으로도 다분히 위협적이다. 진초희는 뭔가 잘못되고 있다는 걸 직감한다. 아무래도 이대로 어머니에게로 가기는 어려울 것 같다.

"기사 아저씨, 무시하고 최대한 밟으세요! 그리고 가장 가까운 경찰서로 가주세요!"

택시 기사가 또한 잔뜩 긴장한 채로 빠르게 말을 받는다.

"차라리 서울로 곧장 가는 게 좋지 않겠어요? 그러는 편이 경찰서를 찾기도 쉽고 또 일단 붐비는 도심으로 들어가고 난 다음에야 저놈들도 감히 무슨 짓을 벌이진 못할 겁니다."

"예, 그럼 그렇게 하세요!"

택시 기사가 스스로의 각오를 다지는 듯 결연하게 고개를 끄덕여 보이곤 곧장 가속페달을 밟는다.

부아앙!

택시가 총알처럼 도로 위를 질주하기 시작한다.

이건 말도 안 돼!

진초희는 두 손으로 가슴을 압박해 본다. 심장이 마구 쿵쾅거리고 온몸은 마치 불이라도 붙은 것처럼 화끈거린다. 그리고 이제는 정신마저도 혼란스러워지는 것 같다.

애써 진정하며 그녀는 상황을 되짚어본다. 그리고 보니 지금 택시를 쫓고 있는 승합차를 아까 그 카페의 주차장에서 본 것도 같다.

'그럼… 카페에서부터 뭔가 잘못되었다? 혹시… 와인에 무슨 문제라도……?'

카페에서 그녀가 입에 댄 것이라곤 와인 한 잔뿐이다. 문득 인터넷에서 접한 얘기들이 뇌리를 스쳐 간다. 클럽 같은 데서 못된 남자들이 술에다 마약을 타서 여자들에게 먹이고 나쁜 짓을 한다지 않던가?

차는 어느새 서울 외곽 어디쯤으로 들어선 것 같은데, 진초희는 이윽고 더 이상은 참을 수 없는 지경에 도달한다.

'이건 말도 안 돼!'

쫓기고 있다는 것보다 더욱 당황스러운 것은 그녀의 머릿속에 지금 온통 넘쳐나고 있는 음란한 충동이다.

도저히 받아들이지 못할 일이지만 사실이다. 뿐더러 그 충동은 금방이라도 그녀의 이성을 무너뜨리고 말 것같이 절박하기까지 하다. 그녀는 혼미해지는 의식을 바짝 다잡는다.

"저 앞 사거리에서 왼쪽으로 꺾으세요!"

그녀의 뾰족한 외침에 택시가 다급한 비명을 토해내며 급좌회전을 한다.

끼이익!

마침 좌회전 신호가 끝나고 직진 신호가 떨어진 터라 택시는 맞은편에서 가속해 오는 차량과의 충돌을 아슬아슬하게 비켜나가고, 그런 덕분으로 뒤를 쫓던 승합차를 일시 떨쳐낸다.

다시 한번의 급한 좌회전과 곧이어 우회전을 한 다음 택시가 급하게 멈춰 선다. 진초희는 지갑에서 잡히는 대로 지폐를 꺼내 택시 기사에게 건네며 부탁한다.

"계속 시내 쪽으로 가주세요!"

부아앙!

택시가 다시 급가속을 하며 도로 위를 질주해 간다.

유턴

택시 기사는 계속 달리는 중이다. 여자 승객이 건넨 돈이 이십만 원쯤이나 되고 그게 아니더라도 위기에 처한 여자를 돕는다는 남자로서의 사명감에서라도. 그러나 이제 '위기에 처한 여자'도 없는 마당에 목숨까지 걸고 달릴 수는 없는 노릇이다. 신호를 무시해서도 당연히 안 되는 것이고.

결국 택시는 사거리에서 신호 대기를 하고 있는 중에 이윽고 예의 그 승합차에게 따라잡히고 만다.

택시의 앞을 가로막은 승합차에서 우악스러운 사내 여럿이 뛰어내리더니 곧장 택시의 문을 열어젖힌다. 그리고 차 안에 여자가 없는 걸 확인하고는 기사를 차 밖으로 끌어내린다.

"여자 어딨어?"

"내렸는데요?"

"뭐? 어디야? 어디서 내렸어?"

멱살을 틀어잡힌 기사가 공포에 질려 곧이곧대로 털어놓는다.

"확실한 거지? 만약 아니면? 우리 조직이야! 너 얼굴하고 차 번호 알고 있으니까 찾아가서 죽여 버린다?"

"예, 예! 확실합니다! 틀림없이 거기에서 내렸습니다."

끼이이익!

사내들을 태운 승합차가 급하게 유턴을 해서는 온 길을 되짚어간다.

억울한 처녀 귀신 하나 느는 거 아니냐고?

최도준은 느긋하게 서울로 돌아오던 중에 여자를 추격해 간 자들이 여자를 놓쳤다는 보고를 받고는 화가 있는 대로 치민다.

"야, 윤 팀장! 만약 걔 놓치면… 너 나한테 아주 죽을 줄 알아?"

"죄송합니다!"

"죄송이고 나발이고 좀 똑똑한 애들을 썼어야지, 어디서 순병신 같은 새끼들을 불러 가지고 일을 이 지경으로 망쳐놓는 거야?"

"죄송합니다!"

"또 죄송? 넌 그 말밖에 할 줄 모르냐? 이런… 확! 죄송할 짓을 왜 하냐고?"

여자가 택시에서 내렸다는 지점을 중심으로 애들을 풀어 샅샅이 훑고 있는 중이지만 최도준은 허탈한 마음에 윤 팀장과 직접 일대를 둘러본다.

그러나 여자의 종적은 흔적조차 찾을 수 없다. 윤 팀장이 인근의 병원 응급실과 파출소까지 다 알아보았지만 또한 아무런 소득이 없다. 손 안에 다 들어온 목표물이 어이없이 사라져 버리다니, 이런 경우는 또 처음이다.

그리고 벌써 시간이 제법 지난 만큼 이제쯤이면 여자가 어디엔가 쓰러져 발작을 일으키고 있을 테니 최도준은 새삼 마음이 급해지기도 한다.

"야, 이러다 결국 못 찾는 거 아냐? 억울한 처녀 귀신 하나 느는 거 아니냐고?"

다시 짜증을 내다가 최도준은 문득 생각나는 게 있다.

"야, 윤 팀장! 아까 그 차 보험 처리 했잖아? 차적 조회 해봤어?"

"예. 그런데 그게 리스 차량이었습니다."

"리스? 빌린 차라는 거야? 그래서? 빌린 사람 인적 사항은?"

"그게… 시간이 늦어서 전산이 이미 마감되었다고… 내일 아침에나 확인이 가능하다고 합니다."

"뭐, 내일 아침? 이런… 야, 이 답답한 새끼야! 지금 그걸 말이라고 지껄이고 있냐?"

"죄송합니다!"

"뭐? 너, 그 소리 하지 말랬지? 아, 이런 씨! 이런 걸 비서라고 데리고 다니는 내가 잘못이지! 야, 새꺄! 계속 그렇게 멍청하게 서 있을 거야?"

"아, 아닙니다!"

"알아내! 당장 알아내라고! 무슨 수를 써서라도 무조건 알아내! 니 목숨이라도 걸란 말이야!"

윤 팀장이 황급하게 여기저기 전화를 해대더니 삼십여 분 만에야 결과를 가지고 온다.

"조사 결과 나왔습니다."

"그래? 말해봐."

"세일 그룹에서 장기로 리스한 차량이랍니다. 그것도 회장 비서실에서 직접……"

"뭐? 세일 그룹? 야, 여기서 갑자기 세일 그룹이 왜 튀어나오냐? 갑툭튀야? 지금 무슨 드라마라도 찍자는 거냐고?"

"아닙니다. 지금 세일 그룹 쪽으로도 소스를 가동시키고 있으니까 곧 추가적인 사항이 나올 겁니다."

"추가적인 사항은 무슨……? 아냐. 잠깐. 잠깐만."

최도준이 화를 증폭시키다가는 문득 상황을 재정리한다.

"세일 그룹 회장 비서실에서 차 빌리는 걸 직접 챙겼다는 거지? 이것 봐라? 이거… 뭔가 촉이 확 오는 것 같은데? 그래, 예전 한때 그런 소문이 돈 적이 있어. 세일 그룹 장세한 회장에게 숨겨진 딸이 있다고. 그때는 별 관심도 없었고 그냥 그러려니 했지. 웬만한 재벌가치고 그런 소문 한두 가지쯤 안나는 게 오히려 이상하니까 말이야. 그런데 아까 걔한테 세일 그룹 회장 비서실에서 직접 나서서 차를 빌려줬다면… 이건 뭔가 있다고 봐야 하는 거잖아? 그렇잖아? 그리고… 뭔가가 있든 없든 간에 어쨌든 훨씬 더 흥미로워지는 건 맞잖아?"

정말이라면

"음, 좋은데? 느낌이 아주 좋아. 이런 느낌은 처음이야."

혼잣말로 중얼거리며 최도준은 느긋하게 미소를 떠올린다.

'정말이라면? 숨겨지거나 말았거나 어쨌든 세일 그룹의 후계 선상에 있다는 것 아닌가? 적어도 그렇게 만들 여지는 있다는 것 아닌가?'

물론 그도 안다. 그것이 그저 추측에 불과하고 사실이 아닐 가능성이 다분하다는 것을.

그러나 그에게는 나중보다 지금이, 지금 추측하고 상상하는 자체만으로도 짜릿해진다는 점이 중요하다. 어차피 그가 찍은 대상이고 기왕에 작업까지 걸려 있으니 추측을 더하든 상상을 더하든 당장의 즐거움이 커진다면 그것만으로도 좋은 것이다.

최도준은 그녀의 얼굴을 찬찬히 되새겨 본다.

역시 추측과 상상이 더해져서일까? 그때는 미처 알아채지 못한 그녀의 매력 포인트들이 살아나며 부각되는 듯하다.

그러더니 이윽고 그녀의 매력은 그의 마음을 강하게 잡아끌기 시작한다. 지금껏 그가 만난 수많은 여자 중에서 이만큼이나 단번에 그를 매료시키는 경우는 없었다. 역시 처음부터 뭔가가 달랐던 것이리라.

'넌 이미 내 거야. 내 품에 안기지 않으면 넌 죽어. 그러니까 빨리 내 앞에 모습을 드러내라.'

만약 그렇게 된다면

'내 품에 안기지 않을 수도 있다? 그러고도 안 죽을 수도 있다?'

불쑥 해보게 되는 가정에 최도준은 갑자기 마음이 차갑게 식는다.

'그녀가 약에 취한 채로 엉뚱한 놈한테 안겨 버리기라도 하면? 그야말로 죽 쒀서 족보도 모르는 어느 개새끼에게 준 꼴이 되지 않는가?'

그가 점찍은 여자를, 그것도 최고의 점수를 매긴 여자를 다른 놈이 시식을 해버린다? 그건 안 될 일이다. 절대.

그는 세상 모든 여자를 데리고 놀 수 있어도 그의 여자는 세상 어떤 놈도 감히 건드려서는 안 되는 것이다.

'만약 그렇게 된다면……?'

다시 한번 가정을 세워놓고서,

'죽여 버린다! 둘 다!'

곧바로 차갑게 결론을 도출시킨 최도준이 고개를 흔들며 신경질적으로 뇌까린다.

"그러니까 괜히 날 나쁜 사람 만들지 말고 빨리 내 앞에 모습을 드러내라고. 그게 너도 살고 나도 좋은 사람으로 남는 길이야."

제2장
—
희열

어떤 사유(思惟) 1

이건 음약(淫藥)이다. 반 갑자 정도의 내공으로는 도저히 통제할 수 없는 강력한 음약.

……

이런 정도의 강력한 약성이라면 내가 아는 한에선 요문(妖門)의 장락밀(長樂密)뿐이다. 일단 중독이 된 이상에는 돌부처마저도 욕정에 몸부림치게 만든다는 악마의 음약. 장락밀이 그 장구한 시공간을 건너뛰어 지금 이곳에 출현하다니, 설마 요문의 맥이 끊어지지 않고 지금껏 이어져 왔다는 말인가?

…….

어쨌거나 당장 다급한 문제는 내공으로 약성을 누르고는 있지만 이제 곧 한계에 도달한다는 점이다. 그렇게 되면 이 여아(女兒)가 위험해진다.

…….

어떻게 한다?

…….

장락밀이라면 해약(解藥)은 따로 없다. 해독할 방법은 오직 한 가지뿐.

그냥 살아지는 대로

오늘도 하는 일 없이 여기저기 싸돌아다니다 보니 어느덧 자정이 가깝다. 또 하루가 다 가고 있다. 지치고 멍하다.

김강한은 밤하늘을 한번 올려다본다.

짙은 회색이다. 그가 느끼는 한 서울의 하늘은 언제나 회색이다. 밤에도 낮에도.

벌써 걱정이다. 내일은 또 어떻게 살아야 하나.

그러나 걱정은 사치다. 내일 하루도 또한 그냥 살아지는 대로 살면 될 일이다.

툭!

누군가 가볍게 어깨를 부딪치고 지나간다. 그리고 보니 늦

은 시간치고는 아직 거리에 사람들이 좀 있다. 그렇구나! 토요
일 밤이구나!

'제기랄!'

매일매일 별 의미도 없이 지나가지만 주말은 특히나 사람을
공허하게 만든다. 주말이라는 것조차 모르고 넘어갈 때도 많
지만, 문득 알게 되었을 때 텅 빈 원룸의 공기는 외로움에 지
쳐 절절하기까지 하다.

조금이라도 늦게 들어가고 싶다.

그러나 그의 바람과는 무관하게 발길은 어느 틈에 원룸과
이어지는 뒷골목으로 접어들고 있다.

기껏 발[足]인 주제에! 제가 무슨 천관녀의 집으로 향하는
김유신의 애마(愛馬)라도 되는 것처럼.

확 발모가지를 베어버릴 수도 없고.

경험칙과 정의감

골목 여기저기에 지저분하게 내어놓은 쓰레기봉투에서 역
겨운 악취가 풍긴다. 사흘에 한 번씩 오는 청소차는 내일쯤
오려나?

가로등 불빛도 들어오지 않는 어두컴컴한 구석. 전봇대에
커다란 쓰레기 더미 하나가 위태롭게 기대어져 있다. 높이가
거의 어른 키만 하다. 대형 쓰레기봉투의 본래의 용량 위로

다시 비닐봉지를 몇 개씩이나 더 올려 테이프로 대충 붙여놓은 것이리라.

그 쓰레기 더미 옆으로 다시 뭔가 길쭉한 형체가 늘어져 있다. 대책 안 서는 누군가가 아예 규격 쓰레기봉투에 넣지도 않고 무얼 그냥 내다 버린 모양이다.

그런데 김강한이 이마를 찡그리며 지나가려는 때다. 그 길쭉한 형체가 꿈틀 움직인다. 섬뜩하다.

"에이씨! 놀래라!"

김강한이 놀란 겸 짜증스럽게 뱉어내며 멈칫하고 뒤로 한 걸음을 물러선다. 그리고 다시 조심스럽게 앞으로 다가가 본다.

그런데 사람이다. 더욱이 여자다.

쓰레기 더미를 끌어안듯이 하고 얼굴을 처박고 있는 걸로 보아 여자는 아마도 술에 떡이 된 모양새다.

김강한이 고개를 절레절레 저으며 다시 뒤로 물러난다. 이럴 땐 그냥 모른 체 가는 게 현명한 거다. 그의 경험칙상 괜한 일에 끼어들어서 좋을 건 하나도 없으니까 말이다. 그런데 그가 막 몸을 돌릴 때다.

"으음……."

여자가 희미한 신음 소리를 흘린다. 그러더니 다시,

"도와… 주세요."

하고 힘겹게 소리를 짜낸다.

'제기랄!'

내심 투덜거리면서도 김강한은 다시 몸을 되돌린다.

잔뜩 취한 목소리이긴 하지만 그래도 목소리가 꽤 괜찮기
때문은 아니다. 설핏 고개를 드는 여자의 얼굴이 머리카락으
로 가려지긴 했지만 젊은 데다 꽤 괜찮아 보이기 때문도 아니
다. 비록 쓰레기 더미에 처박혀서 구겨진 민망한 꼬락서니임에
도 불구하고 몸매가 제법 늘씬하기 때문은 더욱이 아니다.

다만 여자가 도와달라는데 남자가 되어 모른 체할 수는 없
기 때문이다.

'곤란에 처한 여자는 도와줘야 한다!'

이럴 때는 경험칙 대신 정의감이다.

돌아버리겠네!

"이봐요, 아가씨! 이런 데 쓰러져 있다가는 큰일 나요! 얼른
일어나요!"

김강한이 여자를 부축해 일으킨다. 그런데 여자는 도무지
몸을 가누지 못한다.

"이런……. 이봐요, 아가씨! 정신 좀 차려봐요!"

풍만한 여체가 품 안 가득 안겨들며 뭉클거리는 첫 느낌은
싫지 않았는데, 이내 연체동물처럼 흐물흐물하니 흘러내리는
데는 영 당혹스럽다.

혹시 지나가는 사람이 보면 치한으로 오해받기 딱 좋은 상황이라 김강한은 여자를 들어 안다시피 해서 일단 가로등 불빛이 비치는 밝은 곳으로 데리고 간다.

그런데 밝은 데서 제대로 보니 여자는 '꽤 괜찮은 얼굴에 제법 늘씬한' 정도가 아니라 TV에서나 보던 연예인이 그대로 화면 밖으로 걸어 나온 듯한, 그야말로 쭉쭉빵빵한 미인이다.

"집이 어디예요? 전화해 줄 테니까 연락처 좀 불러봐요."

그 말에 여자가 뭐라고 중얼거리는데, 분명치 않은 발음에다 영 횡설수설이다. 그러나 대강 듣기에 쫓기고 있다는 말인 것 같고, 도와달라는 것 같다. 그런데 잠시 후 여자는 아예 정신을 놓고 인사불성으로 늘어지고 만다.

"아, 이런! 돌아버리겠네!"

난감함과 함께 뒤늦은 후회가 밀려든다.

'개똥같은 정의감을 내세울 게 아니라 역시 경험칙에 따라야 했다.'

아주 사무치도록!

그러나 이제 와서 여자를 다시 쓰레기 더미 옆에다 처박아 버리고 모른 체 갈 수도 없는 노릇이다.

여자는 온전히 빈 몸이다. 휴대폰은커녕 작은 손지갑 같은 것도 지니고 있지 않다.

혹시 흘렸나 하고 원래 쓰러져 있던 주변까지 살펴봤지만 아무것도 없다. 아마 취해서 여기까지 오는 동안 잃어버린 것이리라.

'택시를 태워서 경찰서로 보낼까?'

그러나 인사불성인 여자를, 그것도 '쭉쭉빵빵한 미인'을 무작정 택시에 태워 보냈다가 또 무슨 험한 꼴을 당할지도 모를 일 아닌가?

그렇다고 직접 파출소로 데려다주는 건 그가 싫다.

여자랑 어떤 관계냐고 꼬치꼬치 따질 테고, 인적 사항을 남기라고 할 테니 성가신 건 딱 질색이다.

그 전에 그는 경찰에 대한, 나아가 이 나라 공권력에 대한 불신과 거부감이 깊은 사람이다. 아주 사무치도록.

일 보 후퇴

저쪽 건너편 골목에 모텔 간판이 환하게 불을 밝히고 있다.

"꿀떡!"

김강한은 저도 모르게 마른침을 삼키고 만다.

어쩔 수 없는 수컷으로서의 본능이리라.

그가 무슨 돌부처나 성인군자는 아닌 터에 말이다.

그런데 막상 모텔 쪽으로 발길이 향해지지는 않는다.

다시 개똥같은 정의감이 슬며시 고개를 쳐든다.

아니, 일 보 후퇴다.

일단 한 번쯤은 더 정의감 쪽으로 노력을 해보고 나서 그래도 어쩔 수 없으면 그때는……

혹시 약 먹은 거 아냐?

김강한이 찾은 곳은 그가 사는 동네의 노래방으로 친구가 심야 알바를 뛰고 있는 곳이다. 노래방의 문을 빠끔히 열고 고개만 안으로 들이밀자,

"어서 오십시오!"

인사부터 하고 나서야 그를 알아본 손우진이 반색한다.

"어? 웬일이야?"

특별한 인생 목표 같은 건 없이—어쩌면 그런 것 따위 진즉에 포기해 버렸는지도 모르겠지만—그냥 알바나 뛰면서 버는 만큼만 즐기면서 사는 데 만족한다는 녀석은 이 년 전 그가 이 동네 원룸으로 이사 온 지 얼마 안 됐을 때 근처 포장마차에서 만나 몇 마디 말을 섞다가 나이도 같고 처지도 비슷해서 간단히 친구를 튼 사이다.

"혼자야? 사장님은?"

"퇴근. 벌써 초저녁에."

동네 노래방이라 주로 가족 단위의 손님이 찾는 탓에 주말이면 오히려 손님이 확 준다. 그나마도 밤 열 시가 넘으면 손

님 발길이 아예 끊어지기 십상이니 노래방 사장은 알바에게 가게를 맡기고 일찌감치 퇴근한 것이리라.

김강한이 그제야 등 뒤에 숨긴 여자를 앞으로 돌려세워 감싸 안듯이 하며 가게 안으로 들어서자 손우진의 두 눈이 커진다.

"웬 걸(Girl)? 술이 떡? 헌팅?"

콕콕 찍어서 묻는데 김강한이 당장에는 뭐라고 대답할 말이 마땅찮다. 손우진이 이어서 지껄인다.

"모텔로 데려가든가 해야지, 여길 데려오면 어떻게 함? 모텔비 없음? 빌려줌?"

"지랄!"

김강한이 주먹을 쥐어 보인다. 그리고 어떻게 된 노릇인지 대강의 사정을 간추려 말하고 나서 일단은 술이나 좀 깨게 하려고 여기로 데리고 왔다고 설명한다.

"근데 술 냄새는 안 나는 것 같은데?"

손우진이 이의를 제기한다. 그러고 보니 그렇다. 저렇게 인사불성이 될 정도면 술 냄새가 아주 진동할 텐데 말이다.

"술에 취한 게 아니라 혹시 약 먹은 거 아냐? 물뽕 같은 것 말이지."

손우진이 다시 아는 체를 한다.

"물뽕이라고?"

"물뽕이면 쉽게 안 깨. 상태를 보니까 아주 제대로 당한 것 같은데?"

넌 평생 여기서 알바나 해 처먹어라!

손우진의 휴대폰으로 전화가 온다. 다른 노래방에서 알바로 일하는 후배로부터이다.

"우진이 형, 혹시 거기 약 먹은 여자 하나 오지 않았어?"

손우진이 힐끗 김강한을 보고 나서 투덜거리는 투로 받는다.

"글쎄? 약을 먹었는지 어쨌는지는 잘 모르겠는데… 맛이 좀 간 아가씨가 하나 오긴 왔다. 근데 그딴 건 왜 묻냐?"

"형, 당장 내보내! 잘못하다 초상나는 수가 있어!"

"뭔 소리야?"

"방금 친한 애들 몇한테서 전화가 왔는데, 지금 그 여자 찾는다고 근처에 깍두기들이 아주 쫙 깔렸대! 술집에 노래방에 모텔까지 온통 뒤지고 아주 생난리를 치고 있대!"

"뭐? 깍두기들이 그 여자는 왜 찾는데?"

"그거야 나도 모르지! 어쨌든 난 알려줬다, 형!"

전화를 끊은 손우진의 표정이 심상치 않아 보이자 김강한이 묻는다.

"무슨 전화야?"

"지금 이 근처에 깍두기들이 쫙 깔렸다는데, 약 먹은 여자

하나를 찾고 있다네?"

"뭐? 설마… 이 여자?"

"니미럴! 왠지 그럴 것 같은 촉이 팍팍 오지 않냐?"

"아씨! 이게 도대체 뭔 일이래? 안 그래도 정신 사나워 죽겠는데 깍두기들은 또 뭐야?"

"강한아, 미안한데… 일단은 그 아가씨 데리고 여기서 좀 나가주라."

"야, 이 상황에 나보고 어딜 나가라고 그래?"

"그럼? 여기 있다가 깍두기들이 들이닥쳐서 난리라도 치면? 나 여기 알바, 되게 어렵게 얻은 자리야. 내 생계가 걸려 있다고. 요새 이만한 자리 쉽게 못 구한다는 거 너도 알잖아?"

손우진이 그렇게까지 나오는 데야 김강한으로서도 더는 뻗대기가 어렵다.

"알았다, 새끼야! 나가준다! 나가줄 테니까 넌 평생 여기서 알바나 해 처먹어라!"

"그래, 고맙다! 덕분에 평생 해 처먹을 테니까 제발 빨리 좀 나가주라!"

정말 어쩔 수 없는 선택

김강한이 쫓기듯 노래방을 나왔는데 막상 갈 데가 없다.

깍두기들이 주변을 온통 뒤지고 다닌다니 이제는 모텔로

갈 수도 없다.

그렇다고 길거리를 마냥 헤매고 다닐 수도 없는 노릇 아닌
가?

'에라, 모르겠다!'

김강한은 결국 그의 원룸으로 여자를 데리고 가기로 한다.

그러나 정말이지 무슨 욕심이 있어서는 아니다.

어디까지나 상황이 이렇게 되는 바람에 정말 어쩔 수 없는
선택이다.

여기서 빼면 남자가 아니지

김강한은 조심스럽게 여자를 침대에 눕힌다. 침대를 양보할
참이다.

그런데 여자의 얼굴이 처음 볼 때보다 한층 붉어져 있다.

"흑!"

"후욱!"

숨소리도 거칠다.

더워서 그런가 싶어서 에어컨을 튼다.

마음 같아서는 편하게 자라고 겉옷이라도 벗겨줬으면 좋겠
는데, 막상 손을 대기는 또 그렇다. 머리 밑에다 베개를 받쳐
주고 홑이불 하나를 덮어준다.

그리고 그는 화장실로 들어간다. 간단히 샤워라도 할 참이

다. 정신 줄을 놓고 축 늘어진 몸뚱이를 업고 안고 한참을 씨름하며 걸었으니 온몸이 땀범벅이다.

'이런……!'

샤워를 마치고 보니 갈아입을 옷을 챙기지 않았다. 그러나 꺼릴 것도 없다. 어차피 여자는 인사불성이다. 타월로 아랫도리만 대충 가리고 밖으로 나간다.

그런데 침대 위의 상황이 어째 좀 이상하다. 아니, 좀이 아니라 많이 이상하다.

덮어준 이불은 바닥에 떨어져 있고 여자의 옷은 반쯤이나 벗겨져 있다. 게다가 여자는 어디가 괴로운 듯이 답답한 신음소리를 연신 뱉으며 침대 위를 뒹굴고 있다.

덜컥 겁이 난다. 급한 마음에 다가가 여자의 어깨를 흔들어본다.

"이봐요, 아가씨! 왜 그래요? 어디 아파요?"

그때다.

와락!

여자가 팔을 뻗쳐 그의 목을 휘감는다. 그러곤 잡아당겨 마구 빨아댄다.

환장할 노릇이다. 그런데 여자의 팔 힘이 놀라우리만큼 억세다. 떼어지지를 않는다.

"우웃! 아가씨? 왜 이래? 잠깐만! 이거 좀 놔봐!"

힘으로는 안 돼서 숫제 사정하듯이 달랬으나 여자는 막무

가내다.

"후우읍!"

여자의 거친 호흡이 뜨겁게 얼굴에 부딪쳐 온다. 여자의 두 눈은 꼭 감겨져 있는데 혼미한 중에 흥분이 극도로 고조된 모양새다.

그런 중에 여자가 한 손을 풀더니 갑자기 제 옷을 벗기 시작한다. 그러나 잘 벗겨지지 않자 숫제 찢어버린다.

북! 부욱!

금세 나체가 드러난다. 눈부시도록 풍염한 여체다. 여자는 그런 채로 그의 위로 올라탄다.

"어어, 엇?"

하는 사이에 그는 여체에 깔리고 만다. 그의 몸을 유일하게 가리고 있던 타월은 어느 틈엔지 사라지고 없다.

여자는 그의 위로 올라탄 채로 격렬하게 온몸을 부딪쳐 온다. 그러나 막상은 뭘 어떻게 해야 할지 모르는 것처럼 무작정 부딪치고 비벼대기만 한다.

겁난다. 이건 마치 교미를 앞두고 흥분한 암컷 한 마리를 보는 것 같다. 교미가 끝나면 게걸스럽게 수컷을 먹어치울지도 모를.

그러나 그의 몸도 이미 불이 붙은 뒤다. 이미 스스로의 의지로는 도저히 끌 수 없을 만큼 활활 불타오르고 있다.

'모르겠다! 먹든지 먹히든지! 여기서 빼면 남자가 아니다!'

생생하다.

존재 자신의 본래 육신(肉身)은 아니지만 이 육신의 출생부터 지금까지 이십 수년간을 함께해 왔다. 그런 만큼 지금 이 육신이 겪고 있는 뜨거움과 격동은 존재에게도 너무나 생생하다.

'아아⋯⋯!'

깊은 탄식이 흘러나온다.

'이런 민망한 노릇이⋯⋯. 백이십 년을 청결지신으로 살았거늘 이제 와서 이런 민망한 꼴을 당하게 될 줄이야. 비록 내 본래의 육신은 아니라고 하나 남녀의 동물적인 교합을 이렇듯이 생생히 실감해야만 하다니⋯⋯.'

희열

'아아! 이런 것이었나? 이런 것이 쾌락이라는 건가?'

사실은 그도 처음이다. 자위가 아닌 진짜 섹스는.

섹스는 혼자 하는 것이 아니다.

둘이 하는 것이다.

서로의 절정을 공유하는 것이다.

서로의 쾌락을 교감하는 것이다.

그럴 때만이 진정한 절정과 쾌락을 누릴 수 있다.

그는, 그리고 그녀는 지금껏 경험해 보지 못한 진정한 절정과 쾌락의 세계를 경험하고 있다.

쾌락이 밀려든다.

희열이 밀려든다.

거대한 해일처럼 그들을 함몰시킨다.

어떤 사유(思惟) 3

남과 여가 이윽고 절정의 순간에 도달한다. 두 남녀의 거대한 쾌락과 희열이 존재에게도 고스란히 느껴진다.

'아아! 민망하고 또 민망하다!'

존재도 안다. 직접 경험한 바는 아니되, 그것이 어떤 필요에 의해 이루어지는지.

동물로서의 종족 유지의 수단인 것이다. 자연의 이치 중의 하나이며, 그럼으로써 결코 천박하다고 매도할 수는 없는 자연 순환의 과정이자 순리인 것이다.

존재가 그렇게 스스로를 진정시키고 위로할 때다. 한순간 뭔가 변화가 일어나고 있다.

'설마……?'

설마가 아니다. 정말이다.

내단(內丹)에 생명의 숨결이 불어넣어지고 있다. 순간의 어떤 엄청난 에너지가 생성되었고, 그 덕에 내단이 발아하고 있는 것이다.

'아아!'

감격에 영혼이 울린다. 얼마나 갈망하던 일인가?

'그러나 어떻게 가능했단 말인가?'

감격에 뒤이어 의문이 생긴다.

그러나 존재는 스스로 답을 구한다.

'설마 천지교통이라는 건가? 이 아이들의 교합에서 일시의 천지교통, 천인합일의 거대한 힘이 생성되었다는 말인가?'

그러나 추리는 해내었으되 여전히 그것은 결코 가능하지 않은 불가사의의 기적이다.

제3장

—

불가능이 이루어지다

진소벽(陳小碧)

존재의 이름은 진소벽(陳小碧)이다.

그녀에게 지금의 이곳은 지극히도 낯설고 이질적인 세상이다. 그러나 그녀는 스스로의 의지에 의해 이곳 세상에 온 것이 아니며, 더욱이 불완전한 영(靈)의 상태로 타인의 의식 경계 한구석에 겨우 깃들어 있는 상황이다.

그리하여 그녀는 원래 그녀가 있던 세상으로 회귀하기를 염원한다. 그곳에서 미처 누리지 못한 여생을 마무리하기를 갈구하거니와 또한 반드시 해야만 하는 몇 가지 일이 있기도 하다.

그러나 장구한 시공간을 뛰어넘어 이곳 세상으로 오게 된 이치를 알지 못하니 당연히 돌아가는 이치 또한 알지 못한다. 다만 짐작할 수 있는 것은 어떤 초월적인 힘의 작용에 의한 것이리라는 점뿐이다.

가장 선행되어야 할 일

그녀는 원래 있던 세상에서 누구도 도달해 보지 못한 무의 궁극적 경지를 이루었으며, 전무후무의 초인으로 경외와 추앙을 받았다.

그런 중에 그녀의 절대 무력과도 가히 비견될 만한 일단의 집단 무력과 정면으로 격돌하였고, 그 순간에 아마도 시공간에 어떤 거대한 왜곡이 생기는 바람에 영적인 상태로 이곳 세상으로 이동된 것으로 이해하고 있다.

그녀가 원래의 세상으로 돌아가기 위해 가장 선행되어야 할 일은 본래 가지고 있던 내공 경지를 회복하는 것이다. 그런 다음에야 그것과 견줄 만한 또 다른 거대한 무력을 찾아서 그녀가 시공간을 이동한 당시의 상황 재연을 시도해 볼 수 있으리라.

이미 절대의 경지에 도달해 본 적이 있는 그녀이다.

'수반되는 이치와 깨달음, 그리고 시행착오의 경험들까지 생생하게 각인되어 있으니만큼 처음부터 다시 시작한다고 해도

본래의 내공을 되찾는 데 별다른 문제는 없으리라.'

그녀이기에 가능한 계산

그녀의 무공 요체는 금강부동(金剛不動)이다.

금강부동의 핵심이자 그 시작과 끝이 되는 것은 단(丹)이니 곧 부동신(不動身)의 외단(外丹)과 금강신(金剛身)의 내단(內丹)이다.

둘 중 우선은 부동신의 외단이며, 외단을 형성시키기 위해서 가장 중요한 것은 깨달음이다.

즉 사람과 자연의 기운을 서로 조화시키는 무한한 이치이다. 자연과 우주의 기를 사람의 육신으로 받아들이고, 또한 사람의 타고난 기를 역으로 자연과 우주로 내보내는 기의 교류에 관한 깊은 각성이 있어야 하는 것이다.

다음으로 필요한 것은 다만 반 갑자 정도의 내공일 뿐인데, 아무리 내공의 기초가 전무한 새로운 육신이라고 해도 그 정도의 내공을 쌓는 데는 기껏 반년의 시간만 투자하면 되리라고 그녀는 처음에 쉽게 예상을 잡았다.

물론 그녀이기에 가능한 계산이다.

불가능

그러나 그녀의 그러한 계산은 곧바로 전혀 예상하지 못한 난관에 부딪치고 만다.

새롭게 처한 세상의 환경이 그녀의 원래 세상과는 완전히 달라진 까닭이다.

결정적으로 이곳 세상의 기(氣)의 밀도가 그녀가 원래 있던 세상과 비교해서 겨우 육십분의 일 정도밖에 안 된다는 점이다. 단순히 환산하자면 내공을 쌓는 데 있어 원래 세상과 대비해 육십 배의 시간과 노력이 소요된다는 계산이니, 즉 반 갑자의 내공을 쌓는 데는 자그마치 삼십 년이 걸린다는 결론이다.

더욱 황망한 것은 그다음 단계인 금강신에 대해서다. 금강신의 첫 단계로 내단을 발아시키는 데는 이 갑자의 내공이 소요되기 때문이다. 그녀의 처음 계산대로라면 이 년이면 될 것이되 현실에서는 백 년 하고도 이십 년이 더 소요된다는 것이 아닌가?

백이십 년.

그리고 다시 그다음 단계인 내단과 외단의 완성, 그리고 궁극적 경지인 금강부동의 완성을 이루는 데는 또 얼마의 장구한 시간이 필요할 것인가?

인간의 수명이 무한한 것이 아닐진대 결국 불가능한 것이다.

불가능이 이루어지다

그러나 불가능이라고 해서 지레 포기해 버릴 수도 없다. 그녀는 주체적인 존재가 아니다. 어디까지나 의탁적인 존재일 뿐이니 스스로 소멸을 택할 수도 없는 것이다. 아무리 절망스러워도 존재해 있을 수밖에 없는 것이다.

그렇다면 결국 불가능에 당면하게 될지라도 이윽고 소멸의 순간이 도래해 올 때까지는 무엇이라도 해봐야만 하는 것이다. 참혹한 절망이라도 견딜 수 있도록.

그리하여 그녀는 지난 이십 수년간 내공 수련에 모든 의지력을 다했다. 물론 그녀가 깃들어 있는 진초희의 육신을 통해서다. 그런 과정에서 이곳 세상 인간들의 체질적인 한계라는 새로운 난관에 봉착하기도 했지만 결국은 목표한 반 갑자의 내공을 얻었고, 나아가 외단을 형성시키는 데까지 성공했다.

그러나 다음 단계인 내단의 발아는 감히 바라보지도 못할 불가능의 벽이니 비록 처음부터 알고 또 각오하고 있던 바일지라도 그녀는 새삼 크나큰 절망감에 젖어 있던 중이다.

그런데 지금 이 순간, 그 불가능한 일이 전혀 상상조차 하지 못한 방식으로 갑자기 이루어진 것이다.

비움, 그리고 채움

절정의 쾌락이 한바탕 해일처럼 모든 것을 휩쓸고 지나간 뒤 김강한은 자신의 모든 것이 한꺼번에 빠져나가 버린 듯한 허탈과 공허에 빠져 있는 중이다.

손가락 하나도 까딱하지 못할 만큼의 극심한 피로감 속에서 그는 차라리 온몸의 맥을 풀어버린다.

그리고 한없는 깊이로 가라앉는다. 마치 바닥 없는 심연으로 끝없이 침몰하는 듯하다.

그런데 그때다.

텅 빈 공백인 그의 내부로 무언가 슬며시 들어서고 있다.

조용하고 부드럽게.

마치 전신을 층층이 스캔하는 듯한 느낌으로 세밀하게 스며들며 그의 내부를 채워드는 그것은, 뭐랄까?

활기?

에너지?

거부할 수 없는

진소벽은 불현듯이 경악하고 만다.

겨우 발아한 내단이 사내에게로 빨려들고 있다. 아니, 순식간에 빨려들고 말았다.

내단을 잃는다는 것은 외단마저 함께 잃는다는 의미이다. 내단이야말로 외단의 중심축이자 핵심이기 때문이다.

'아아……!'

그녀는 허탈감을 이기지 못하고 탄식하고 만다. 지난 이십 수년간의 눈물겨운 적공이 한순간에 허사로 화하고 만 것이다.

그러나 그녀로서는 어떻게 저항하고 거부해 볼 수 있는 일이 아니다.

그런데 그때다.

'이건 또 뭔가?'

그녀는 다시금 경악하지 않을 수 없다.

내단에 이어 그녀의 존재 자체마저 사내에게로 빨려들고 있기 때문이다.

존재감

공백 상태이던 그의 내부가 활기랄지 에너지랄지 무언가로 채워지고 난 뒤 김강한은 뭔가 새로운 느낌 하나가 다시금 그의 내부로 들어옴을 느낀다.

느낌은 있되 지극히 미미하고 희미하여 무어라 표현하기 어려울 정도의 그것은 그러나 새롭고도 사뭇 특별한 존재감 같은 것이 있다.

그러나 그 느낌은 이내 그의 내부 깊숙한 어딘가로 녹아드는 듯이 아련하게 사라진다.

그리고 그 역시도 곤한 잠 속으로 빠져든다.

두 개의 얼굴

김강한은 꿈을 꾸고 있다.

흥미롭다고 할 건 그가 지금 꿈을 꾸고 있다는 사실을 스스로도 인지하고 있다는 것이다.

한 여자가 그의 앞에 서 있다.

여자의 얼굴은 좀 묘하다. 마치 두 개의 얼굴이 겹쳐 있는 듯이 보인달까?

두 얼굴 중 하나는 그가 아는 얼굴이다. 바로 방금 그와 몸을 섞은 여자의 얼굴이다.

또 하나의 얼굴은 역시나 이십 대 중후반쯤의 비슷한 연령대로 보이지만, 상대적으로 상당히 고전적인 인상이다. 초승달같이 가늘게 휘어진 눈썹과 작은 입, 오뚝한 콧날, 부드러운 윤곽선. 그러나 뭐랄까? 고아하면서도 한편으로는 뭔지 모르게 쉽게 범접하기 어려운 기이한 위엄 같은 기운이 풍긴다.

전혀 다른 느낌과 분위기를 지녔지만, 어쨌든 두 얼굴이 다 미인이라는 건 분명하다. 그것도 보기 드문.

존재하기는 하지만 규정하기는 어려운 존재

"아이야!"

여자의 그 한 마디에 김강한의 감상은 확 깨지고 만다.

분명 그를 부른 것이다. 그런데 그보다 적어도 서너 살쯤은 아래로 보이는, 말 그대로 새파란 여자애가 지금 누구보고? 뭐? 아이야? 기품이고 위엄이고 나발이고 간에 확 깼다.

"이봐, 아가씨, 지금 그 말, 나한테 한 거야?"

김강한의 말이 곱지 않다. 오는 말이 곱지 않은 데 대한 반발이다. 그런데 이거 참, 그 아름답고 고아하고 기이한 위엄까지 갖춘 여자가 가만히 고개를 끄덕인다. 아주 당연하다는 듯이 천연덕스럽게.

'이런, 씨……!'

속에서 치밀어 오르는 욕을 차마 밖으로까지 뱉지는 못하고 김강한이 애써 성질을 누르며 다시 묻는다.

"아가씨, 당신 대체 누구야?"

"내가 누구냐고?"

여자가 반문해 놓고는 마치 스스로도 애매하다는 듯이 곰곰이 생각하는 표정이 된다. 그러더니 문득 담담한 표정으로 돌아가며 말을 잇는다.

"글쎄! 존재하기는 하지만 규정하기는 어려운 어떤 존재라고 할까?"

'뭐라는 거야?'

아무래도 좀 이상한 쪽의 여자 같다. 그런데 김강한이 그냥 무시하고 가버렸으면 싶은데 그게 또 그럴 수가 없다.

뭐랄까? 마치 지금 그에게 허용된 일이라곤 저 이상한 여자와 대화를 나누는 것밖에는 없는 듯하다.

뭐래는 거야, 진짜?

"아이야, 이건 너에게도 느닷없는 일이겠지만, 나 또한 전혀 의도하지 않은 바다."

"거참, 자꾸 아이야, 아이야 할 거야? 내가 아이면 아가씨는 할머니야? 도대체 몇 살이나 드셨는데?"

여자가 희미하게 웃으며 받는다.

"아마도 네가 상상하는 것의 백 배? 아니면 이백 배쯤?"

"백 배? 이백 배? 그럼 뭐, 그쪽 나이가 몇 천 살쯤 된다는 거야? 지금 무슨 전설의 고향 찍어?"

그러나 여자는 진지 모드다.

"네게 해줄 말이 많은데, 내게 남은 시간이 그리 충분하지가 않구나."

"난 별로 듣고 싶지 않은데? 나 지금 무지 피곤하거든? 그러니까 날 그냥 좀 내버려 뒀으면 좋겠어."

"비록 크게 소용이 되지 않을 수도 있겠으나, 지금의 이 짧은 순간이 너와 내가 서로 소통할 수 있는 처음이자 마지막이될 것이니 너는 어쨌든 내 말을 들어두는 편이 좋을 것이다."

여자의 마지막이라는 말에서 뭔가 비장한 느낌 같은 것이 들기도 해서 김강한이 이윽고는 못 이기는 체 고개를 끄덕여 준다.

"좋아, 정 그렇다면 해봐! 대신 짧게!"

"음, 먼저 내가 지난 이십 수년간이나 절치부심한 노력의 결과물이 고스란히 네게로 넘어갔다는 말부터 해야겠구나."

"뭔 소리야? 넘어오긴 뭐가 넘어와? 난 아무것도 받은 게 없는데?"

"지금은 느끼지 못하겠지만 앞으로 차츰 알아가게 될 것이다."

"차츰은 무슨 차츰? 만약 그쪽의 뭔가가 내게로 넘어왔다면 당장 도로 가져가셔! 난 필요 없으니까!"

"나 역시 간절히 바라는 바다. 그럴 수만 있다면. 그러나 결코 되돌릴 수 없는 일이다. 그것은 이미 네 것이다. 네가 아무리 싫다고 해도 다른 이에게 넘길 수 없으며, 또한 누구도 네게서 그것을 빼앗아 갈 수 없다. 오로지 네가 소멸됨으로써 그것들 또한 소멸될 것이다."

"뭐래? 그런 게 어디 있어? 누구 맘대로?"

여자가 담담히 그를 바라본다. 그 눈빛이 문득 위엄스럽다. 김강한은 괜히 위축되고 만다. 그리고 그런 데 대한 반발에서라도 그는 짐짓 화두를 돌린다.

"뭐, 좋아. 일단 그렇다 치자고. 근데 나한테 넘어왔다는 게 도대체 뭔데?"

"반 갑자의 내공이 담긴 외단. 그리고 이제 막 발아된 상태의 내단이다."

"아씨! 뭐래는 거야, 진짜?"

김강한은 차라리 헛웃음을 웃고 만다. 뭐, 반 갑자의 내공? 외단? 내단? 듣자 듣자 하니까 이젠 아주 무협지를 쓰겠다는 건가?

말장난

"뭐, 좋아. 그렇다고 하자고. 그러니까 어쨌든 반 갑자의 내공이 나한테 넘어왔단 말이지? 그럼 난 이제 장풍도 쏘고 하늘도 막 날아다닐 수 있는 건가?"

김강한의 비아냥거림에 여자가 간단히 고개를 가로젓는다.

"그런 건 가능하지 않다."

"왜? 반 갑자면 삼십 년이잖아? 그걸로 장풍 정도도 못 쏜다는 거야?"

"장풍과 행공(行空)은 기본적으로 내가 공부에 어느 정도의 성취가 뒷받침된 상태에서 최소한 일 갑자 이상의 내공을 필요로 한다."

"에이, 그럼 기왕 주는 김에 일 갑자를 줘. 그리고 내가 공부인가 뭔가도 좀 시켜주고 말이야."

여자가 다시금 고개를 가로젓는다.

"내가 공부에는 타고난 자질이 중요하다. 더불어 경지를 향해 나아갈수록 매 단계마다에서의 깨달음과 각성이 필수적으로 수반된다. 우선 자질 면에서 너는 평범함 이상을 넘지 못한다. 그리고 내가 공부의 궁극적 경지까지 가본 나도 여기에서는 반 갑자의 내공을 쌓는 데 근 삼십 년이 걸렸다. 새롭게 반 갑자의 내공을 더하기 위해서는 또다시 삼십 년이 걸린다는 뜻이다."

"뭘 말을 그렇게 빙빙 돌려? 그러니까 뭐, 대충 이런 얘기야? 엄청나게 대단한 그쪽도 삼십 년씩이나 걸리는데 별 볼 일 없는 내가 하면 백 년을 해도 안 될 거다. 그러니까 꿈 깨라?"

여자가 담담히 바라보는 것으로 수긍하기에 김강한이 또한 간단하게 고개를 끄덕이며 덧붙인다.

"그래. 어차피 처음부터 말장난이었지, 뭐. 자, 그럼 이제 할 말 다 한 거지?"

여인이 조용히 고개를 가로젓는다. 그에 대해 김강한이 이윽고는 짜증이 버럭 솟는다. 이 답답하고 이해 안 되는 상황을 끝낼 권한이 오로지 여인에게만 있다는 사실에 대해.

"에이씨! 또 뭔 말이 남았다는 거야? 이제 그만 좀 하자니까?"

하다 하다 이제는 금강불괴까지 나오는 거야?

"한 가지 가능성은 있다."

여인의 말에 김강한이 그저 건성으로 받는다.

"또 무슨 가능성?"

"불가능을 가능으로 바꿀 수 있는 희박하지만 거대한 가능성. 그리고 그 가능성은 이미 시작되었다. 너의 의지와는 무관하게."

"희박한데 거대하다는 건 또 뭔 소리야? 아, 됐고, 이제 그런 황당한 소리는 그만 좀 하지?"

"그럼 좀 더 현실적인 얘기를 해주마. 이제부터 네게 생길 일들에 대해."

김강한은 아예 여자를 외면해 버린다. 하든가 말든가.

"우선 힘이 생길 거다. 외단의 반 갑자 내공은 비록 내가 공부의 기초가 없어 그것을 제대로 운용하지 못한다고 할지라도 그것이 네게 존재하는 자체만으로도 너는 보통 사람에 비해 월등한 힘의 원천을 가지게 된 것이다."

그가 여전히 외면하고 있는 중에 그녀의 말이 이어진다.

"가장 중요한 것은 역시 내단이다. 너의 내단은 이미 발아하여 활성화되기 시작했으니 이제부터는 외단과 상생의 이치를 이루며 끊임없이 성장해 나갈 것이다. 너의 의지와는 무관하게 저절로 말이다. 다만 이곳 세상이 가지는 제약과 네 스스로가 지닌 한계가 뚜렷이 있으니 과연 어느 정도까지 성장을 이루게 될지는 나로서도 미리 짐작해 보기가 어렵구나. 그럼에도 한 가지 분명하게 말할 수 있는 건 이제부터 내단이 널 지켜줄 거란 사실이다."

짜증스러운 중에도 여자의 그 말에는 또 설핏 솔깃해지는 데가 있다. 그리고 그가 외면을 하건 말건 여자의 말이 쉽게 끝날 것 같지는 않아서 김강한이 슬쩍 말을 끼어든다.

"날 지켜준다고? 어떻게?"

"내단의 활성화가 시작되었다는 것은 곧 금강신의 진전이 시작되었다는 것을 뜻한다."

"금강신? 제기랄! 그건 또 뭔데?"

"간단히 말해 신체를 금강불괴로 단련해 간다는 의미이다."

김강한이 짐짓 눈을 크게 뜬다. 조소의 의미이다.

"지금 금강불괴라고 그랬어? 진짜 하다 하다 이제는 금강불괴까지 나오는 거야?"

무운을 빈다!

"금강불괴를 아느냐?"

여자는 오히려 의아하다는 빛이다.

"알지. 금강불괴 모르는 사람도 있어? 칼에 찔려도 피부에 긁힌 표시도 안 난다는 거 아냐? 한마디로 불사신. 무슨 짓을 당해도 절대 안 죽는 킹왕짱, 뭐 그런 거 아냐? 흐흐흐! 그러니까, 뭐야? 그 내단인가 뭔가 하는 거 덕분으로 난 이제부터 누구한테 막 두들겨 맞아도 하나도 안 아프고, 칼에 막 푹푹 찔려도 피 한 방울 안 난다, 뭐 그렇게 된다는 거야?"

"그렇지는 않다."

"아니라고? 금강불괴라며? 아프고 다치면 그게 무슨 금강불괴야?"

"말했듯이 너의 내단은 이제 막 발아되어 한 톨의 씨앗과도 같이 작고 미약한 상태에 불과하다. 그럼으로써 금강신의 과정 또한 그야말로 첫 단계에 겨우 입문한 것에 불과하기 때문이다."

"뭔 말이 자꾸 왔다 갔다 해? 아까는 이제부터 내단이 날 지켜줄 거라며? 그건 개뻥이었어?"

여자가 문득 무거운 기색이 된다.

"이제 내게 주어진 시간이 거의 다 되었구나. 네게 해줄 말이 아직 좀 남았으니 마저 들어주기를 바란다."

그리고 여자의 얼굴에 다시금 서리는 기이한 위엄 때문에라도 김강한은 계속해서 빈정거릴 엄두를 감히 내지 못한다.

"내단이 너를 지켜줄 거란 것은 앞으로 네가 어떠한 신체의 상해를 입는 경우라도 심장의 박동이 멈추지 않는 한에는 내단이 끝까지 네 생명의 근원을 지켜줄 거란 의미이다. 그리고 금강신은 너의 내부 근원으로부터 이미 시작되었으니 장차 너의 내공 화후에 따라 점차 너의 신체 전반으로 확장될 것이다. 물론 말했듯이 몇 가지 명백한 제약과 한계 때문에 내공 화후의 뚜렷한 진전을 기대하기는 어려울 것이지만, 다만 네가 이미 외단으로 가지고 있는 반 갑자의 내공은 너의 운과 노력 여하에 따라서 상당 부분 운용이 가능할 것인데, 만약에 반 갑자의 내공 전부를 온전하게 운용할 수 있다면 그것만으로도 너는 제법 놀라운 성취를 이룰 수 있을 것이다. 그리고 이것은… 너무도 요원하여서 필시 소용없는 말이 될 것이지만, 만약에 네게 어떤 기연과 천운이 따라서 내단과 외단이 이윽고 대성의 경지로 접어든다면 그때에 네가 누릴 수 있는 공능은 그야말로 무궁무진할 것이다."

여자가 문득 말을 멈추고는 김강한과 시선을 맞추는데, 그 눈빛이 사뭇 애잔하다. 그러나 이내 한 가닥의 희미한 미소를 떠올리며 그녀가 담담하게 덧붙인다.

"나는 이제 독립된 존재로서의 의지를 잃고 너의 무의식 속으로 깊숙이 침잠하게 될 것이다. 마지막으로 너의 무운을 빈다."

제4장

—

탈출

개꿈

　김강한은 설핏 잠에서 깬다.

　그러나 눈도 떠지지 않을 만큼 피곤하고 머릿속은 멍하기만 하다. 다만 혼탁한 의식 중에도 꿈속의 광경들은 여전히 생생하다. 너무 생생해서 혼란스러울 정도로.

　여인의 자태, 얼굴 표정, 목소리……．

　그 모든 것이 꿈 같지 않고 현실인 듯하다. 아니, 현실에서도 이렇듯이 말 한 마디 한 마디를 토씨 하나 틀리지 않고 생생하게 기억해 내지는 못할 것이다. 더욱이 뭔 소린지 도무지 모를 황당한 내용들을 말이다.

"제기랄! 웬 개꿈을……!"

그는 괜스레 투덜거려 본다.

겨우 실눈을 떠서 머리맡의 탁상시계를 보니 아직 새벽이다. 그리고 일요일이다. 쓸데없는 개꿈 때문에 아침 일찍 깬게 억울하다. 백수 처지에 일요일이라고 딱히 특별할 거야 없지만, 그래도 일요일이니 늘어지게 늦잠을 자는 즐거움이라도 누려야 하지 않겠는가?

그런데 문득 마음 한구석이 찜찜하다. 평상시와는 다른 뭔가가 있는 듯하다. 이렇게 늘어져 있어서는 안 될 것 같은 뭔가가.

'뭐지?'

그러나 그 의문을 이어나가지는 못한다. 갑자기 엄청난 피곤이 몰려든다. 그리고 잠이 쏟아진다. 안 그래도 겨우 버티고 있는 실눈의 눈까풀이 감당 못 할 무게에 짓눌리고 그는 그대로 잠에 빠져들고 만다.

실제 상황

김강한은 퍼뜩 잠에서 깬다. 혼곤한 중에 무언가 불쑥 경계감이 들더니 곧장 섬뜩하도록 차가운 긴장으로 번진 때문이다. 그가 누운 침대의 한쪽 끝 모서리에 겨우 걸치듯이 위태로운 모양새로 누군가 누워 있다.

"어흡?"

발견(發見)이 인지(認知)로 나아가는 순간, 경악이 턱 막히는 숨소리로 터져 나온다.

여자다. 더욱이 눈부신 나신이다. 도색잡지나 포르노에서나 보던 터질 듯한 볼륨의 발가벗은 실루엣이 바로 눈앞에, 손을 뻗으면 닿을 곳에 적나라하게 펼쳐져 있다.

찰나 그의 머릿속이 맹렬하게 돈다. 그리고 곧바로 지난밤의 격정을 화들짝 떠올린다.

'엇, 뜨거워라!'

그는 펄쩍 뛰듯이 이불을 박차고 몸을 일으킨다.

이건 꿈이 아니다.

실제 상황이다.

이걸 깨워, 말아?

여자는 축 늘어진 채로 미동도 없다. 잔뜩 움츠린 채로 등을 지고 돌아누운 자세라 숨을 쉬는지 가늠해 보기도 어렵다.

'혹시 죽었나?'

퍼뜩 그런 생각이 뇌리를 스친다. 마약을 너무 지나치게 쓰면 심장마비로 가는 수도 있다고 하지 않던가?

김강한이 살그머니 다가가 여자의 머리 가까이로 귀를 가져다 대보니 쌔근거리는 숨소리가 들린다. 그가 안도의 숨을 내쉰다. 잘못된 게 아니다. 다만 세상모르고 곯아떨어져 있는 중이다.

'이걸 깨워, 말아?'

슬며시 갈등이 생긴다. 사실은 그냥 도망치고 싶다. 그러나 나중의 만약의 경우를 위해서라도 '깨웠는데 세상모르고 잠만 자더라' 하는 정도의 변명거리는 만들어두어야 되지 싶다. 최소한의 정당성 확보를 위해서라도.

여자의 동그란 어깨의 살갗이 새삼 눈부시다. 만지면 그대로 묻어날 듯한 우윳빛 살갗이다. 김강한이 가만히 그 어깨를 흔들어본다. 아주 살짝.

그러나 여자는 깨지 않는다. 김강한이 한 번 더 흔들어본다. 깨지 않기를 바라면서. 그런데 그때다.

'이런, 제길!'

여자가 문득 눈을 뜬다. 그리고 잠깐의 정적이 지난 후,

"꺄아악!"

하이 소프라노의 비명이 방 안의 공기를 갈가리 찢어발긴다.

뭔 지랄을 하든

화들짝 이불을 끌어당겨 나신을 가린 채로 여자의 입에서는 동물 족보에서부터 화폐단위에 이르기까지 온갖 적나라한 원색의 단어들이 사정없이 쏟아져 나온다.

전후 사정을 설명할 여지는커녕 아예 한마디도 끼어들 틈을 주지 않고 폭풍같이 휘몰아치며 사람을 아주 만신창이로 짓뭉개 버리는데, 김강한이 아득하니 정신이 다 혼미해질 지경이다.

그러나 한순간에는 성질이 확 치민다. 따지고 보면 그가 이런 취급을 당해야 할 이유가 없는 것이다.

'아뇨! 뭐 이런 개차반 같은 게 다 있노?'

발가벗지만 않았다면, 그리고 어찌 되었던 간에 몸을 섞은 관계만 아니라면 확 그냥 뺨부터 후려갈기고 보았을지도 모르겠다.

그러나 차마 그럴 수는 없는 노릇이니 방 한구석에 나뒹구는 바지며 셔츠를 되는 대로 주워 황급히 꿰어 입은 그는 그대로 문을 박차고 집을 나선다.

'뭔 지랄을 하든 어디 너 하고 싶은 대로 맘껏 해봐라!'

그런 심정이다. 비록 모양새는 일단 자리를 피해 도망치는 것일지라도.

겨우 기댈 곳 하나

'산에나 가자!'

혼란스러움을 넘어 엉망으로 더러워진 기분을 추스르기 위해 김강한이 택한 것은 산이다.

동네 뒷산.

동네에서 도로 하나만 건너면 바로 접해 있는 그곳은 산이라기에는 초라한 작은 봉우리 하나를 가진 펑퍼짐한 산자락에 불과해서 익숙한 동네 주민들에게는 슬리퍼를 신고도 가볍게 오를 수 있는 아담한 동산이다.

김강한도 틈날 때마다 찾는데, 특히나 답답하고 우울할 때면 한밤중에라도 오르곤 하는 곳이다. 난개발로 모산(母山)에서 동떨어져 나와 도로들 사이에 섬처럼 고립되어 버린 처지가 가족 모두를 먼저 떠나보내고 홀로 남아 이 메마른 세상에서 매일매일 위태롭게 버티고 있는 그와 동병상련이라고 느껴지기도 해서이다.

'훗, 동병상련……'

한낱 산에다가 그런 관련을 지어도 되는 건지 모르겠다. 그러나 그렇게라도 겨우 기댈 곳 하나를 마련해 두지 않았다면 그는 어쩌면 벌써 포기했을지도 모른다. 이 고달프고 위태로운 매일의 버티기를.

반 갑자의 내공?

'지가 알아서 가겠지.'

누구인지도 모를 여자를 혼자 남겨놓은 데 대한 걱정 따위는 없다. 집 안에 딱히 귀중품이랄 것도 없고.

다만 여자가 어떻든 간의 분(忿)을 풀고 곱게 사라져 줬으면 하는 바람일 뿐이다.

산에서 놀다가 아예 느지막하게 돌아갈 작정으로 그는 느긋하게 산책로를 따라 걷는다.

제법 뜨거워지기 시작하는 태양빛 속을 걸어 이윽고 소나무 숲 사이로 난 오솔길로 들어서자 대번에 상쾌해진다. 몸 안을 가득 채운 탁한 기운이 한순간에 싹 비워지고 대신 숲이 내뿜는 청량함이 가득 몸 안으로 쏟아져 들어온다. 온몸 구석구석까지 뿌듯한 활력이 채워지는 듯하다.

불쑥 떠오르는 것이 있다.

'반 갑자의 내공?'

피식!

그는 괜한 실소를 흘리고 만다.

성질 한번 진짜 지랄 같네!

원룸으로 돌아오니 바란 대로 여자는 없다. 안도의 한숨이 절로 뱉어진다.

그런데 방 안이 엉망이다. 엉망 정도가 아니라 아주 난장판이다. 작정하고 한바탕 난리라도 쳤는지 별로 많지도 않은 가구며 집기, 소품들이 온통 넘어지고 흩어지고 깨지고 부서지고 난리도 아니다.

'하여튼… 성질 한번 진짜 지랄 같네!'

소리소리 지르며 '개아들'을 찾고 '십 원짜리'를 찾을 때 이미 알아봤지만, 이제 이 요란한 뒤끝까지를 보니 그래도 조금쯤 은 남아 있던 환상이 완전하게 무너져 내린다.

눈부시던 나신의 찬란함도, 하룻밤 만리장성의 인연에 대한 아련함도.

당장에는 방을 치울 엄두가 나지 않아 김강한은 곧장 다시 원룸을 나선다.

일단 벗어나기로

전화가 걸려온다. 그런데 모르는 번호다. 김강한이 찜찜해 서 받지 않으려다가 그래도 혹시 급한 전화인가 해서 받는다.

"나야, 우진이."

손우진이다.

"야, 너 번호가 이상하게 뜨는데, 어디서 전화하는 거야?"

"지금 공중전화야. 그게 중요한 게 아니고, 너 지금 어디야? 집이야?"

손우진의 말투가 사뭇 다급하다.

"아니. 지금 막 나왔어. 왜?"

"그럼 지금 당장 어디로든 피해!"

"뭐라고? 갑자기 뭔 소리래?"

"지금 자세한 얘기는 할 수 없고, 하여튼 최대한 멀리 도망치라고!"

"뭔 소리냐고 묻잖아, 새끼야? 도대체 무슨 일인데 그래?"

"그럼… 끊는다!"

"야, 야!"

그러나 전화는 뚝 끊겨 버린다.

김강한이 답답하여 손우진의 휴대폰으로 전화를 해보지만 아예 전원이 꺼져 있다. 다시 녀석이 알바를 하는 노래방으로 전화를 하자 한참이나 신호가 가고 난 다음에 노래방 안 사장이 전화를 받는다.

그가 손우진을 찾자 안 사장의 목소리가 대번에 커진다.

안 그래도 그쪽에서도 손우진을 찾고 있는 중이란다. 오늘 아침에 노래방에 와보니 손우진은 없고 가게가 난장판이 돼 있더란다. 그런데도 손우진은 전화 한 통도 없이 지금까지 감감무소식이란다. 경찰에 신고하려다가 대충 정리를 하고 보니 탁자하고 의자 몇 개 부서진 것 빼고는 크게 손해난 것이 없어서 일단 손우진이 나타나기를 기다리고 있는 중이란다.

손우진이 아무래도 뭔가 사고를 치고 어디로 튄 것 같다. 그런데 그 와중에 그에게 전화를 걸어 느닷없이 도망치라고 한 건 또 뭐란 말인가?

그리고 어쨌든 간에 아무리 급해도 그렇지, 최소한 무슨 일인지 대강의 얘기는 해주고 튀어도 튀어야 하는 거 아닌가?

아무리 객지에서 오다가다 만난 사이라고는 해도 그동안 함께 마신 소주만 해도 몇 궤짝인데, 이딴 식으로 마지막을 장식해야겠느냐는 말이다.

아무튼 영 찜찜하다. 안 그래도 어젯밤부터 오늘 아침까지 도무지 정상적이지 않은 일련의 엉뚱한 일들을 겪은 뒤가 아닌가?

그는 일단 동네에서 벗어나기로 한다.

피습

골목길로 접어드는데 느낌이 좀 이상하다. 꼭 누군가에게 뒤를 밟히는 것만 같다. 딱히 무슨 조짐을 발견한 건 아니고 그냥 느낌이 그렇다.

뒤를 돌아보는 대신에 김강한은 발걸음을 빨리한다. 골목길만 벗어나면 바로 큰 도로다.

골목길의 앞쪽 끝에서 사내 셋이 걸어오고 있다. 나란히 걸어오는 것만으로 골목길을 채워 버리는 덩치 둘, 그리고 그 뒤에 다시 더 대단한 덩치 하나.

김강한은 힐끗 뒤부터 돌아본다. 느낌대로다. 비슷비슷한 덩치의 사내 넷이 성큼성큼 거리를 좁혀오고 있다. 그리고 김강한은 이내 앞뒤 쪽의 사내들 사이에 갇히고 만다.

"당신들 뭐야?"

김강한이 애써 떨림을 누르며 고함을 치자 놈들이 차갑게 웃는다. 그것만으로 김강한은 확실히 실감한다. 사내들이 과연 그를 목표로 하고 있음을.

셋과 넷, 그중에서 김강한은 앞쪽의 셋을 택한다.

그가 온 힘을 다해 앞으로 튀어 나가자 덩치 하나가 마주 달려들며 그를 붙잡으려 한다. 김강한은 살짝 몸을 트는 것으로 덩치의 손아귀를 피해내고는 그대로 놈의 안면에다 오른손 스트레이트를 꽂아 넣는다.

퍽!

턱주가리를 얻어맞은 놈의 다리가 휘청 풀린다. 그러나 김강한이 해볼 수 있는 건 거기까지다. 앞뒤 쪽의 덩치들이 일제히 덮쳐들면서 그는 속수무책으로 바닥으로 무너지며 아래로 깔리고 만다.

그의 명치에 주먹 하나가 틀어박힌다.

"헉!"

숨이 턱 막힌다. 연이어 얼굴이며 가슴, 옆구리에 무차별로 주먹과 발길질이 날아든다. 이내 정신이 아득해진다.

너희들, 사람 쉽게 죽이는 모양이다?

김강한이 퍼뜩 정신을 차리는데, 눈이 떠지지를 않는다. 눈에다 면 테이프 같은 걸 길게 붙여놓은 느낌이다. 더하여 그는 지금 의자에 앉혀져 단단히 결박을 당한 상태인 것 같다.

"이봐, 얘기 좀 듣자!"

남자의 것치고는 미성이다 싶을 만큼 맑고 깨끗한 목소리다. 다만 그가 깨어나기를 기다리고 있었던 듯이 한껏 내리깔린 그 목소리에는 약간의 지루함과 짜증의 느낌이 묻어 있다.

"당신 뭐야? 사람을 이렇게 만들어놓고 무슨 얘기를 듣자는 거야?"

김강한의 대꾸가 사뭇 대차다 싶었는지 미성의 목소리가 당장 반응을 보이지는 않는데, 그때다.

짝!

누군가 그의 뺨을 후려친다. 그러곤 이어 그의 온몸으로 무차별적인 구타가 가해진다. 폭풍처럼 한바탕의 린치가 지나간 후에야 예의 그 미성의 목소리가 다시 말을 꺼낸다.

"괜히 매를 벌 건 없잖아? 별거 아니야. 어젯밤에 걔랑 무슨 일이 있었는지 그냥 있던 그대로 얘기만 해주면 되는 거야."

고통을 추스르는 와중에도 김강한의 염두가 빠르게 돈다.

'어젯밤? 걔… 라면… 혹시……?'

'혹시'라고 할 것도 없겠다. 어젯밤 그와 격동의 밤을 보낸 그 여자를 말하는 것이다. 그것 말고는 지금의 이 상황과 연결해 볼 만한 단서는 전혀 없다.

"걔라니, 누구를 말하는 거야?"

김강한이 짐짓 딴청을 부려본다. 일단은 좀 더 상황을 파악

할 여유를 가지려는 계산이다.

"이 새끼가 진짜 죽으려고……!"

미성 말고 다른 목소리 하나가 거칠게 다그친다. 또 주먹이 날아오나 했는데 조용하다. 미성의 목소리가 말린 모양이다.

"이봐, 자꾸 그렇게 나오다간 너… 여기서 살아서 못 나가는 수가 있어."

미성의 목소리가 한 가닥의 공포를 풍겨낸다.

그러나 그 순간에 김강한은 차라리 실소를 떠올린다. 그에게는 공포의 감정이 존재하지 않는다. 소중한 이들을 모두 떠나보내고 혼자 남게 된 그때부터. 그것 이상으로 참담한 공포는 더 이상 없을 것이기에.

"어이, 너희들, 사람 쉽게 죽이는 모양이다?"

김강한의 그 말에 공간 내에 잠시간의 침묵이 흐른다.

얘기해 봐! 자세하게! 하나도 빼지 말고!

"후훗."

나지막한 웃음소리가 나더니 이어 미성의 목소리가 말을 꺼낸다.

"이봐, 괜한 객기 부리지 마라. 너 그러다 진짜 죽어. 지금 여기 있는 친구들, 사람 하나 죽이는 것쯤은 아주 간단히 해치우는 치들이야."

담담한 투지만 그럼으로써 오히려 그냥 하는 말이 아니라는 느낌을 강하게 주는 데가 있다. 그리고 죽는다는 보다 직접적인 그 말에서 김강한은 차라리 짜릿한 흥분을 느낀다. 그것은 이 삭막한 세상에서의 고달프고 위태로운 버티기를 이제 그만 끝낼 수 있을지도 모른다는 기대이다. 또한 그런 기대가 지난 몇 년 동안 수없이 쌓이고 쌓여 이제는 어떤 압박이나 위협에 대해 반사작용처럼 튀어 오르는 삐딱선의 발동이기도 하다. 그러나,

'그래? 그럼 나 좀 죽여주라.'

그가 그 말까지는 차마 뱉지 못한다. 먼저 간 그들을 마침내 만나게 되었을 때 그나마 부끄럽지 않기 위해서 결코 그 스스로 포기하지는 않겠다고 수없이 다짐하고 또 다짐해 온 바이니까.

"그러니까 걔가 도대체 누구냐고? 누군지를 알아야 뭔 얘기를 하든지 말든지 할 거 아냐?"

김강한이 슬쩍 한 발을 물린다.

"어젯밤에 너랑 같이 있던 여자. 노래방에도 데려가고 너 사는 원룸에도 데리고 갔잖아?"

미성 목소리의 그 말에 대해서는 김강한이,

"아, 그 싸가지?"

하고 그제야 누군지 알겠다는 반응을 보여준 다음, 다시 의아하고 궁금하다는 투로 반문한다.

"근데 그 싸가지가 왜? 잠깐! 당신들, 그러고 보니까 그 싸가지가 보냈어? 나 입 막으라고?"

"이봐, 잡소리는 그만 닥치고! 자, 이제 얘기해 봐! 자세하게! 하나도 빼지 말고!"

남자의 자존심이 있지

놈은 이미 지난밤 그와 그녀 사이에 벌어진 일에 대해 대강 알고 있다.

그런데 그랬으면 됐지, 자세하게 얘기해 보라는 건 또 뭔가? 청춘 남녀가 하룻밤을 같이 보냈으면 무슨 일이 일어났을지는 뻔한 것이지, 그 적나라한 얘기를 자세히 들어서 뭐 하려고?

요즘 세상이 복잡해서 그런지 별의별 변태들이 다 있다고 하더니 이놈도 혹시 그런 쪽?

어쨌거나 죽인다고 협박하는 것을 떠나서 남자의 자존심이 있지, 어떻게 자기가 여자랑 몸 섞은 얘기를 누군지도 모르는 잡놈들에게 떠벌릴 것인가?

하여간 그런 새끼들은 아주 확 고자를 만들어 버려야 돼!

"너, 진짜 죽을래?"
시간을 끈다 싶었는지 놈의 목소리가 설핏 날카로워진다.

"아니, 사실 뭐… 특별히 얘기하고 말고 할 것도 없는데. 어젯밤에 집에 가는 길에 골목 한쪽에 그 여자가 처박혀 있더라고."

김강한은 일단 얘기를 만들어보기로 한다.

"그래서?"

"그래서… 술이 떡이 된 것 같아서 처음에는 노래방으로 데리고 갔지. 일단 술이나 좀 깨게 해주려고. 근데 이 여자가 도대체 얼마나 처마셨는지 도통 정신을 못 차리더라고."

"그래서?"

'그래서?'를 반복하는 놈의 목소리에는 빠르게 집중해 드는 느낌이 있다.

"모텔로 데려다줄까도 했지만 백수 처지에 돈이 있어야지? 그래서 할 수 없이 내가 사는 원룸으로 데려갔지."

"그래서?"

"침대에 눕혔더니 그냥 죽은 듯이 퍼질러 자더라고. 그런 데야 나라고 뭐 따로 할 일이 있겠어? 나도 그냥 잤어. 그것밖에는 뭐… 딴 게 없는데……. 아, 그리고 아침에 일어나서 잠깐 밖에 좀 나갔다가 돌아왔더니 어디론가 사라지고 없더라고. 이 싸가지가 공짜로 재워준 데 대해 고맙다는 말은 못할지언정 아주 집 안을 개판으로 만들어놓고 가버렸더라고. 니미랄!"

"…정말이냐?"

놈의 물음에서는 그의 말을 믿지 않는다는 느낌이 진하게 묻어난다.

"아니… 그게 뭐 대단한 얘기라고 내가 지금 이 상황에서…
목숨 걸고 거짓말을 하겠어?"

잠시의 침묵이 지난 후 놈이 다시 묻는다.

"여자가 막 보채고 그러지는 않았고?"

"보채? 뭘 보채?"

"적극적으로 남자를 원하지 않더냐고?"

김강한이 그제야 대강의 퍼즐이 맞춰지는 듯하다. 결국은
이놈들이 바로 그 여자에게 약을 먹인 것이다. 어쨌든 얘기는
기왕에 옆길로 샌 마당이다.

"아니. 그냥 인사불성으로 퍼져 자더라니까? 그런데… 가만
보니까 내가 여자를 어떻게 했을까 봐 의심하는 거야? 어허,
나 참! 내가 아무리 굶었어도 원하지 않는 여자한테 강제로
그 짓은 안 한다. 어떤 찌질한 새끼들은 여자한테 물뽕인가
뭔가 하는 약을 먹여서 퍼지게 만들어놓고 그 짓을 한다고도
하더라만. 에이, 그게 어디 불알 찬 사내새끼가 할 짓이야? 아
주 개만도 못한 새끼들이지. 하여간 그런 새끼들은 그 못난
불알, 아주 확 까서 고자를 만들어 버려야 돼!"

문득 침묵이 흐른다.

처리

"그래?"

놈이 나직하게 뱉은 그 말이 동조인지 반문인지는 애매하다. 다만 무언지 설핏 뒤틀린 느낌이 녹아 있다.

저벅저벅!

구둣발 소리가 난다. 놈의 것이다. 놈이 천천히 멀어지고 있다. 그리고

"처리하세요. 뒤끝 남기지 말고 깨끗하게."

지금까지 듣지 못한 목소리 하나가 말한다. 깔끔하고 예를 갖춘 투지만 사뭇 단호하게 지시하는 목소리다.

"알았소! 걱정 마쇼!"

또 다른 목소리가 차갑고도 투박하게 대답한다.

저벅저벅!

구둣발 소리 하나가 다시 멀어져 간다.

이렇게 되면 얘기가 또 달라진다

'둘은 갔고 남은 건 넷.'

청각과 느낌만으로의 계산이다. 물론 온몸이 단단히 결박된 처지에서야 별 소용도 없을 계산이다.

깨끗하게 처리하라는 게 그를 죽이라는 의미라면—김강한이 이미 그런 뉘앙스를 강하게 받은 바이지만—꼼짝없이 죽을 수밖에 없는 노릇이다.

물론 새삼스레 공포에 질릴 것이야 없다. 그리고 주제넘은

빈정거림으로 놈의 성질을 돋운 건 있지만, 그 정도로 스스로를 포기한 것이라고까지는 할 수 없을 테니 이제 이렇게 죽는다고 하더라도 그의 다짐을 깨는 일도 아닐 것이다.

그런데 그때다. 문득 몸이 좀 이상하다. 두들겨 맞은 자리를 비롯해 온통 쑤시고 욱신거리던 몸이 문득 근질거린다. 마치 뭔가 뜨거운 기운이 몸 전체를 휘감아 도는 것 같다.

그러더니 그 뜨거운 기운이 스며들 듯이 몸의 내부로 들어오고, 그러자 몸 안 곳곳에서 불끈불끈 활력이 솟구치는 것만 같다. 그리고 이내 그의 몸은 청량한 활력으로 가득 차서 마치 용솟음칠 것만 같은 느낌으로 된다.

'이건 또 무슨 일인가?'

도무지 짐작조차 못 할 노릇이다.

그러나 이렇게 되면 얘기가 또 달라진다. 불확실하지만 어쨌든 뭔가를 해볼 수 있을 것 같은 계기, 혹은 여지가 생긴 셈이 아닌가?

그럼에도 시도조차 해보지 않는다면?

그것은 스스로를 포기하는 것이 될 터이다.

우리 화나게 만들면

김강한은 힘을 발끝으로 모은다. 그리고 스프링을 잔뜩 압축시켰다가 튕겨내듯이 단번에 몸을 튕겨 올린다.

순간 몸이 공중으로 붕 떠오르는 느낌이다. 그 상태에서 그는 등을 아래로 한 채 공중에서 최대한의 반동을 준다는 느낌으로 바닥을 향해 떨어져 내린다.

쿵!

등에 강한 충격이 오면서 그의 몸이 묶여 있던, 아마도 의자일 물건이

와자작!

소리를 내며 부서진다. 팔을 묶고 있던 결박이 느슨해진 덕에 그는 재빨리 손을 빼내고 눈을 가린 테이프부터 떼어낸다. 이어 급하게 몸의 나머지 결박을 풀어내는 한편으로 주변 상황을 일별한다.

계산한 대로 사내들은 넷이다. 그들은 전혀 예상하지 못한 상황에 놀란 듯하고, 이제 막 그 놀람을 추스르고 있는 모양새다.

사방은 넓지 않은 공간인데, 벽과 천장, 바닥까지 온통 시멘트의 칙칙한 질감 그대로다. 내부는 이렇다 할 물건 없이 텅비다시피 한 중에 바닥에는 방금 그가 부순 나무 의자의 파편이 널브러져 있다. 그리고 창문 같은 건 보이지 않고 맞은편에 있는 검은색의 철문 하나만이 유일한 출구인 듯하다.

김강한이 그 정도를 파악했을 때, 사내들 역시도 상황 파악을 끝낸 듯하다. 그러나 사내들은 잠깐 놀라기는 했으되 딱히 당황할 것까지는 없다는 듯이 사뭇 여유롭게 김강한을 향해 다가든다.

김강한이 마지막 남은 발목의 결박까지 겨우 풀어내고 재빨리 몸을 일으켜 자세를 잡자, 두어 발쯤 앞에 와서 선 사내 하나가 어이없다는 듯이 피식거리며 말을 뱉는다.

"흐흐흐, 새끼, 욕봤다. 근데 그쯤 했으면 됐으니까 괜히 형님들 힘 빼게 하지 말고 그냥 곱게 꿇어라. 우리 화나게 만들면 넌 죽어도 곱게 못 죽어, 새꺄."

죽을힘을 다해!

사내가 허리 뒤춤에서 칼 한 자루를 꺼내 든다. 섬뜩한 날카로움을 품은, 날 길이만 삼십 센티쯤 되어 보이는 회칼이다. 이어 다른 세 명의 사내들도 가까운 벽에 세워져 있던 쇠파이프와 야구방망이를 제각기 찾아 든다.

김강한이 재빨리 주변을 훑다가 발아래 바닥에서 나무 의자의 부서진 파편 중 하나를 집어 든다. 다듬잇방망이 정도나 되는 크기의 나무토막이다. 그걸로 칼이며 쇠파이프 등을 상대하기에는 빈약할지라도 맞서겠다는 투지를 보여준 셈이라 회칼 든 사내가 쇠파이프 든 사내를 향해 차분하게 지시한다.

"상곤이, 너는 출입문을 지켜!"

"예, 형님!"

그 사내가 대답하고는 재빨리 철문 앞으로 가서 버티고 선다. 칼 든 사내가 김강한을 향해 성큼 거리를 좁혀온다. 그가 겨눈 칼끝에서 섬뜩한 살기가 뿜어진다.

'이놈들, 정말로 죽이려 한다!'

김강한은 공포와는 관계없이 소름이 확 돋는다.

세 놈 중에서는 그나마 왼쪽의 야구방망이를 든 놈이 상대적으로 허술해 보인다. 김강한이 다시 한번 출입문까지의 거리를 가늠해 보고는 곧장 왼쪽으로 치고 나간다.

"막아!"

칼 든 사내가 고함을 치고, 야구방망이를 든 놈이 피하지 않고 정면으로 김강한을 막아선다. 순간 김강한은 손에 들고 있던 나무토막을 있는 힘껏 던져낸다.

나무토막이 곧장 야구방망이 사내의 얼굴을 향해 날아가고, 흠칫한 사내가 얼떨결에 옆으로 몸을 던지듯이 하며 피한다. 그 틈에 김강한은 곧장 철문을 바라보고 달려 나간다.

철문 앞을 지키고 있던 사내가 쇠파이프를 상단세로 곧추세운 채 단단히 준비하고 있는 중에 달려드는 김강한의 머리를 쪼갤 듯이 쇠파이프를 위에서 아래로 내려친다.

김강한이 급한 김에 두 손을 머리 위로 뻗는다. 떨어지는 쇠파이프를 붙잡아볼 요량이다. 무모한 줄은 알지만 그렇다고 여기서 뒤로 물러설 수는 없다. 그 혼자서 넷이나 되는 놈들을 어떻게 해볼 수는 없는 노릇이니 지금 이 타이밍을 놓치면 기회는 다시없을 것이다.

그러나 사내가 순간적으로 쇠파이프의 궤적을 사선(斜線)으로 비껴 틀었고, 그 바람에 쇠파이프는 김강한의 손을 스치며 곧장 그의 옆머리를 향해 쇄도해 든다.

김강한은 반사적으로 질끈 눈을 감고 만다. 그러나 각오한 충격은 없다. 다만 그의 귀 바로 근처에서 '피슉!' 하는 희미한 소리가 들리면서 무언가가 부드럽고도 미끄럽게 그의 옆머리 어림을 잠깐 누르며 스쳐 지나가는 것 같은 느낌을 받는다.

그리고 그가 다시 눈을 떴을 때는 쇠파이프가 그를 스쳐 지나간 다음이다. 그런 다음에야 다른 걸 생각하고 말고 할 여지가 없다. 그는 온 힘을 다해 주먹을 뻗고, 그 한 방은 정확하게 놈의 관자놀이에 틀어박힌다.

픽!

비명도 없이 무너져 내리는 놈을 뛰어넘어 철문을 열어젖히고 김강한이 밖으로 튀어 나간다. 그러고는 무작정 달리기 시작한다. 죽을힘을 다해.

제5장

다른 바닥

도대체 무슨 죽을 짓을 했다고

큰길로 나온 김강한은 마침 빈 차로 오는 택시를 잡아타고 곧장 원룸으로 향한다. 놈들이 이미 그의 원룸까지 알고 있으니 마주칠 가능성도 있지만, 몇 가지 중요한 물건과—사실 크게 중요하달 것은 없고 그냥 좀 애착을 두는 자질구레한 몇 가지에 불과하지만—간단히 옷가지라도 좀 챙겨 나오기 위해서다.

김강한은 일단 동네 어귀에서 택시에서 내려 원룸까지는 조금 돌아서 가는 쪽의 골목길로 들어선다. 혹시 모를 상황에 대비해서이다.

그런데 그가 약간 오르막인 골목길을 이십여 미터쯤 걸어 올라가고 있을 때다. 맞은편에서 제법 덩치가 큰 승합차 한 대가 내려오고 있는데, 좁은 골목길에서 속도가 너무 빠르다 싶다. 위협을 느낀 김강한이 걸음을 멈추며 길 가장자리로 비켜서는데,

부아앙!

돌연 굉음과 함께 승합차가 김강한을 향해 돌진한다. 어떻게 피해볼 틈도 없이 차에 들이받힌 김강한의 몸이 공중으로 붕 떠올랐다가 그대로 길바닥으로 떨어져 처박힌다.

부아아앙!

승합차가 다시 급가속을 하며 도망치는 것을 보면서 김강한은 정신이 멍하다. 온몸에 감각이 없는 듯하다. 잠깐을 그렇게 길바닥에 널브러져 있고 나서야 겨우 정신이 좀 돌아온다.

우선 몸을 조심스럽게 움직여 본다. 허리와 골반 쪽이 욱신거리긴 하지만, 어디 부러지거나 심각하게 다친 곳은 없는 것 같아서 그는 벽에 의지하여 조심스럽게 몸을 일으킨다.

승합차는 이미 시야에서 사라진 뒤다. 그러고 보니 번호판을 볼 생각도 하지 못했다. 그러나 직감적으로 그놈들의 짓인 걸 알겠다. 아마도 뺑소니 교통사고를 위장하여 그를 죽이려 한 것이리라.

두렵기 전에 질리는 느낌이다. 진짜로 막가는 놈들 아닌가? 도대체 그가 무슨 죽을 짓을 했다고 이렇게까지 한단 말인가? 새삼 다시 생각해 봐도 도무지 이해가 되지 않는 상황이다.

기왕이면 곱게 죽고 싶다!

김강한이 다시 한번 몸의 여기저기를 움직여 보는데, 아까 욱신거리던 허리와 골반 쪽도 한결 통증이 덜해진 것 같다.

작정하고 달려드는 차에 된통 부딪혔는데 이런 정도라면 다행이라고 해야 하나? 하루 새 죽을 고비를 잇달아 넘겼으니 어쨌든 운이 좋다고 해야 하나?

'죽을 고비?'라는 생각의 대목에선 김강한이 설핏 실없는 웃음을 뱉고 만다.

웃기는 노릇 아닌가? 매일처럼 바라고 바란 '죽을 고비'인데 이제 막상 잇달아서 닥치니 도망치고 피하기에 급급해하고 있으니 말이다.

그러나 새삼 분명해지는 생각도 있다.

안 그래도 영문 모를 죽음에 대해서는 한이 맺혀 있는 그다. 그런 터에 이제 그마저도 이렇게 도무지 이해가 되지 않는 상황에서 영문도 제대로 모른 채 죽을 수는 없다.

죽을 때 죽더라도 최소한 어떤 곡절로 왜 죽는지는 제대로 알고 나서 죽어야겠다.

그리고 방금 전의 죽을 고비를 넘기고서 한 가지 더 바란다
면 험하게 죽고 싶지는 않다. 기왕이면 곱게 죽고 싶다!

살아 있음을 느끼다

원룸 바로 근처에서 험한 꼴을 당했으니 그러고도 꾸역꾸
역 집으로 들어갈 마음은 생기지 않는다. 그럼 어디로 가지?
당장 갈 데가 없다.

김강한은 무작정 산으로 향한다. 원래는 동네 뒷산의 모
산(母山)이던 제법 높은 산이다.

등산로의 초입에서 한 무리의 산을 내려오는 사람들을 만
난다. 그들은 거꾸로 산을 올라가는 김강한을 힐끗거린다. 그
러고 보니 벌써 날이 어두워지고 있는 중이다.

김강한이 야간 산행을 두어 번 해본 경험은 있지만, 지금
그는 아무런 준비도 없다. 랜턴도 없고 심지어 등산화도 신지
않았다.

그래도 걱정은 별로 되지 않는다. 하긴 걱정씩이나 할 처지
도 아니다. 놈들이 또 언제 어디서 불쑥 나타나 그를 죽이려
들지 모르니 차라리 산속이 더 안전할 것이다.

이내 사방이 어두워진다. 어두운 산길에 돌부리라도 찰까
조심이 되지만, 막상 완전히 산길로 접어드니 어둠에도 금세
적응이 되어 걸을 만하다.

산중이 온통 적막하다. 그런 중에 그는 오롯이 혼자다. 그의 발소리와 숨소리 외에는 다른 어떤 소리도 들리지 않는다. 그는 문득 자신이 살아 있음을 느낀다. 참으로 오랜만이다. 언제라도 다가올 죽음을 기다리며 그저 목숨만 살아 있는 가짜 삶이 아닌, 뭔가 의욕을 가지고 사는 진짜 삶의 느낌은.

'의욕!'

그것은 어쩌면 어제부터 오늘까지 벌어진 일련의 갑작스럽고도 험악한 상황들이 그에게 부여한 일말의 반대급부 같은 것은 아닐까? 어쨌거나 금방 소진되어 버리고 말겠지만.

산을 넘어가다

산의 중턱을 넘어서자 등성이를 덮은 숲이 듬성듬성해지면서 발아래로 보이는 도시의 빛 때문인지, 혹은 흐린 하늘에 숨었을지라도 달빛 때문인지 어슴푸레하던 산길이 한결 선명하다.

김강한은 쉬지 않고 계속 걷는다. 몸이 더워지고 있지만, 이따금씩 몸을 훑고 지나가는 밤바람 덕분에 땀이 흐를 정도는 아니다.

많이 가파른 편은 아니지만 그래도 중간에 딱히 쉬어 갈 만한 구간도 없이 계속해서 치고 올라가는 등산로다. 여느 때 같았으면 이제쯤에는 숨이 턱에 닿을락 말락 차오를 법한데,

오늘따라 별로 숨찬 느낌도 없는 것이 힘든 줄을 모르겠다.

'이게 밤바람과 밤공기만의 덕분일까?'

그가 다른 덕분의 구실을 한번 찾아볼 기분으로 되는 것은, 물론 괜한 생각의 유희다.

그런 중에 어느새 정상이다.

그는 곧장 올라온 쪽과는 반대편의 등성이로 방향을 잡는다. 산을 넘어가려는 것이다.

혹시 있을지 모를 놈들의 추적을 완벽하게 따돌리겠다는 생각이다. 이 산을 넘어가면 그의 동네와는 한참이나 거리가 있는 전혀 다른 지역이다. 그리고 미행을 당했을 리도 없고, 누구의 눈에 띄지도 않았으며, 심지어 CCTV에도 찍히지 않았으니 그의 흔적은 감쪽같이 지워질 것이다.

국밥 한 그릇 하실랍니까?

김강한이 반대편으로 산을 내려와서도 괜스레 사람들의 시선이 의식되는 건 어쩔 수가 없어서 되도록 사람이 없는 쪽으로만 길을 택해서 무작정 걷는다.

그러던 중에 주택가 변두리의 어느 5층짜리 상가건물 앞에서 그는 문득 걸음을 멈춘다. 지하층으로 내려가는 계단 중간쯤에 놓인 나무로 만든 작은 가판대를 보고서다.

가판대 위에는 족발이 무더기로 쌓인 채 전시되어 있다. 그런데 그의 시선을 끈 것은 가판대 위의 족발이 아니라 가판대 아래쪽에 몸을 숨기듯이 쭈그리고 앉은 채 바닥에 떨어진 족발 부스러기를 주워 먹고 있는 사람이다.

계절을 한참이나 못 쫓아온 두툼한 겨울 외투를 걸친 그 사람의 얼굴은 검은 광택이 나는가 싶을 정도로 몹시도 검게 그을린 데다 수염까지 덥수룩하다. 노숙자? 첫눈에 그런 느낌이다.

김강한이 그 열두세 칸쯤의 계단 아래를 보니 지하층 바로 입구에 허름한 돼지국밥집이 하나 있다. 가게 출입문이 활짝 열려 있고, 모르고 있었는데 푹 곤 사골 국물 냄새가 문득 진하게 퍼져 나온다. 순간 역시나 잊고 있던 것처럼 갑자기 허기가 몰려든다.

그런데 곧장 계단을 내려가던 중에 그는 주춤 가판대 쪽을 돌아보게 된다. 그 노숙자에게 문득 마음이 쓰여서다. 괜스럽기도 하다. 다른 때 같았으면 별 감상도 없었을 것이기에. 그러나 지금은 그 역시도 곤궁한 처지이니, 그런 탓에 괜한 동병상련의 심정이 생긴 걸까?

"아저씨, 국밥 한 그릇 하실랍니까?"

불쑥 건넨 그의 말에 노숙자는 흠칫 경계하는 기색이다. 김강한이 어색하게나마 웃음기를 떠올리며 덧붙인다.

"제가 사겠습니다."

어쭙잖은 노릇

김강한이 앞장서 국밥집으로 들어서자, 노숙자가 잠시 머뭇거리더니 조심스러운 기색으로 따라 들어선다.

카운터에 앉아 있는, 아마도 주인장일 중년 남자의 인상이 확 구겨진다. 아마도 노숙자에 대해 알고 있는 눈치다. 그러나 김강한이 노숙자의 팔을 잡아끄는 시늉을 보이자 주인장도 차마 막아서지는 못한다.

사실은 김강한도 걱정이 안 되는 건 아니다. 가게 안에는 손님이 제법 있는데, 노숙자의 지저분한 차림에다 몸에서 냄새라도 나면 장사에 지장을 주지 않을까 하는.

그러나 다행으로 노숙자의 옷차림은 허름할지라도 더럽다고 할 것까지는 아니고 특별하게 나쁜 냄새가 나는 것 같지도 않다.

마주 앉고 보니 김강한은 좀 더 자세히 살펴보게 된다. 옷이 허름하고 좀 많이 마른 약골이란 걸 빼곤 그래도 제법 멀쩡하게 생긴, 심지어는 지적인 면모마저 엿보이는 것 같다.

하긴 노숙자라고 처음부터 노숙자였겠는가? 노숙자가 되기 전엔 인텔리나 또 혹은 한 분야의 전문가였을 수도 있는 것 아닌가? 김강한 자신만 해도 지금의 대충 인생을 소모시키며 사는 백수이기 전에는 한때 의욕 충만한 샐러리맨일 때가 있었듯이 말이다.

국밥 두 그릇을 주문하고 나오기를 기다리고 있자니 분위기가 영 어색하다. 노숙자는 시선을 바닥으로만 향하고 있다. 그렇다고 김강한이 어쭙잖게 '어쩌다 이렇게 되셨냐?' 따위를 물어볼 수도 없는 노릇이다.

진한 공감

국밥이 나온다.

둘은 눈만 한번 마주치곤 곧장 숟가락질을 시작한다. 배가 고파서인지 맛이 있다.

잠시 두 사람의 숟가락질이 바쁜데, 반 그릇쯤을 비우고 나자 허기가 좀 가신다. 그러자 문득 소주 생각이 난다. 김강한으로서도 지난 이틀간 겪은 엄청난 사건들에 대해 이제야 좀 감회 같은 게 생긴다고 할까?

"소주 한잔 어떻습니까?"

김강한의 말에 노숙자의 입이 대번에 헤벌쭉 벌어진다. 그런 모습은 마치 소주라는 단어에 대해 반사작용을 보이는 것 같기도 하다.

노숙자는 김강한이 술잔을 채워주는 대로 홀짝홀짝 비워버린다. 마치 소주에 기갈이라도 들린 사람 같다. 그러다 보니 소주 한 병이 금세 비워진다.

노숙자는 금세 얼큰해진 모양새다. 그러고 보니 겉만 멀쑥

해 보이지 잔주름투성이인 얼굴과 목의 피부도 그렇고, 누렇게 변한 눈동자 색깔도 그렇고 몸이 많이 망가져 보인다.

"한 병만 더 하면 안 되겠소?"

노숙자가 처음으로 입을 연다. 중저음의 목소리가 더욱 나이를 들어 보이게 한다. 처음 볼 때 사십 후반에서 오십 중반까지로 보이더니 이제는 확실히 오십 대로 보인다. 어쨌거나 김강한이 잠깐 주머니 사정을 헤아려 보니 국밥값을 치르고도 소주 두어 병 더 시킬 돈은 겨우 되는 것 같다. 그러고 나면 카드도 가지고 나오지 않았으니 당장 수중에 돈 한 푼 없는 빈털터리가 되는 것이지만.

"괜찮겠습니까?"

김강한의 물음에 노숙자는 덤덤해 보이는 웃음기를 떠올린다.

"초면에 밥에다 술까지 얻어먹는 처지가 한 병 더 사달라고 하니 참 염치가 없지요?"

"소주 한 병 더 시키는 거야 어렵지 않습니다만… 괜찮으실지……?"

"왜요? 소주 한 병 더 마신다고 내가 주정이라도 부릴까 보아서 그러시오?"

"아니… 그런 게 아니라… 건강이 좀 염려돼서……."

"건강이요? 하하하! 어차피 내일이 없는 인생이고, 당장 죽어도 아쉬울 것 하나 없는 인생이 건강을 따져 무엇 하겠소?

그저 지금 이 순간을 즐기는 게 우리 같은 처지에서는 최선이
올시다."

그 말에 대해서는 김강한이 문득 진한 공감을 한다.

그 또한 지난 몇 년간을 '내일이 없는 인생과 당장 죽어도
아쉬울 것 하나 없는 인생'을 살지 않았는가?

또한 당장 오늘 밤 잘 곳도 없고 신세 질 사람도 없는 처
지에서는 '지금 이 순간을 즐기는 게 최선'인 '우리 같은 처지'
와 조금도 다를 게 없다.

"사장님, 여기요!"

김강한이 기꺼이 소주 한 병을 더 시킨다.

걱정 마소!

"그런데… 뭐 하는 양반이오?"

다시 소주 한 잔을 홀짝 비우고 나서 노숙자가 불쑥 묻는
다.

"뭐… 특별히 하는 일이 있는 건 아니고요, 그냥 이것저
것……."

김강한이 대충 얼버무리자 노숙자가 가볍게 웃으며 짐짓 농
처럼 받는다.

"이것저것? 다방면의 일을 하시는구먼? 재주가 많으신가
봐?"

김강한이 떨떠름한데 노숙자가 소주병을 당겨 가 스스로의 잔을 채우며 덧붙인다.

"나도 한때는 그래도 전문가 소리도 듣곤 했는데……."

"그렇습니까? 전문가라면 어떤 분야에……?"

김강한이 슬쩍 꼬리를 잡는다. 물론 선한 호의에서는 아니다.

"고문."

흘리듯이 뱉어놓고 노숙자가 잠시 회상에 잠기는 듯한데, 김강한이 조금 얼큰해지는 중이기도 해서 불쑥 떠오르는 대로 뱉고 본다.

"아, 옛날에 경찰이셨구나?"

그런데 뱉어놓고 보니 괜히 주변이 둘러봐진다. '옛날'이라고 전제하긴 했지만, 그래도 '경찰=고문'이라는 등식을 간단히 갖다 댄 격이니 만약 옆자리에 현직 경찰이나 경찰 출신이라도 있다면 당장에 '당신 지금 뭐라고 했어?' 하고 따지고 들 수도 있는 일이 아닌가?

다행히 노숙자가 피식 실소하며 받아준다.

"그런 고문이 아니고… 옛 고(古)에 글월 문(文)의 고문."

그러고 나니 무슨 허무 개그라도 주고받은 것처럼 분위기가 조금 썰렁해져서 두 사람이 묵묵히 술잔을 채우고 비우며 잠시간의 침묵을 지키는 중인데,

"혹시 도망 다니고 있소?"

노숙자가 다시금 불쑥하니 묻는다. 김강한이 저도 모르게 흠칫하고 마는데, 노숙자가 빙그레 웃으며 말을 잇는다.

"딱 보면 감이 오거든. 나도 한때는 참 징그럽게도 도망을 다녀본 처지라서 말이오."

김강한이 홀짝 소주잔을 들이켜고는 나직이 뱉는다.

"엉뚱한 일에 휘말리는 바람에……."

안 해도 될 말이다. 역시 술기운 때문이리라.

노숙자가 고개를 끄덕끄덕한다. 마치 모든 걸 다 이해한다는 듯이. 그런 모습에서 김강한은 그저 시늉일 뿐이라고 생각하면서도 한편으로 묘하게 위안이 되는 기분이다. 그래서일까? 역시나 안 해도 될 말이 생각 없이 따라 나온다.

'도망 다니는 신세도 맞지만, 이제 여기서 나가면 당장 무일푼인 데다 어디 갈 곳도 없는 처지다' 따위의.

안 해도 될 말의 뒤끝은 역시나 금세 객쩍다. 그런 김에 김강한이 이제 그만 일어나야겠다 싶은데, 노숙자가 불쑥 목소리를 키운다.

"걱정 마소! 신세를 졌으니 오늘 밤 잘 곳은 내가 책임지겠소!"

그런 데는 김강한이 생각 없이 피식 웃음이 나온다. 노숙자의 흰소리가 가소로워서는 아니다. 오히려 그 흰소리에 담긴 호의가 느껴져서이다. 고맙다. 가슴이 짠하다. 마치 찬바람 부는 삭막한 허허벌판에서 바람을 피할 정도는 아니지만 그래도 잠시 기대앉아 한숨이나마 돌릴 작은 언덕 하나를 만난 듯하다.

"난 강이요. 강 씨라고 불러도 좋고, 편하게 부르쇼."

노숙자가 뜬금없이 툭 던지는 말에 김강한이 얼떨결에 받는다.

"아! 전 김입니다."

"만나서 반갑소, 김 형!"

그 말에는 김강한이 설핏 당황스럽지 않을 수 없다. 아까 무슨 얘기 중에 노숙자는 스쳐 가는 말로 자신의 나이가 오십 줄을 훌쩍 넘겼다고 했다. 그럼 그와는 나이 차가 얼추 스무 살은 난다는 얘기인데, 저쪽에서 먼저 '김 형!' 하고 불렀으니 그는 뭐라고 불러야 할지. 그러나 노숙자는 서로 편하게 대하자는 뜻일 터이다. 그리고 어차피 잠깐 스쳐 갈 인연인데, 호칭 따위가 뭐 그렇게 중요하랴. 그도 그냥 적당히 편하게 대하기로 한다.

"예, 반갑습니다, 강 형!"

노숙자 강 형이 잇몸을 드러내 보이며 활짝 웃는다.

너무 편하면 잠이 안 와!

강 형과 김강한은 어느 지하도로 통하는 계단을 내려가고 있다. 지하철역으로 이어진 것도 아니고 도심의 지하상가와 연결된 것도 아닌, 그저 도로 아래를 지나는 단순한 지하통로다. 그러기에 열한 시가 넘은 지금 사람들의 발길은 이미 끊어졌다.

계단을 내려가자마자 불쾌한 냄새가 코끝을 자극한다. 퀴퀴하니 오래 묵은 지린내 같다.

지하통로의 양쪽 벽면으로는 이미 상당한 숫자의 노숙자들이 자리를 차지하고 있는데, 그들은 각자의 영역이라도 있는 듯이 일정 간격으로 신문지와 종이 널빤지 등을 바닥에 깔고 또 간단히 벽을 치고 있다.

강 형은 계단 아래쪽의 구석진 공간에서 주섬주섬 뭔가를 꺼낸다. 종이 널빤지 한 묶음과 커다란 캐리어다.

드르륵!

캐리어를 끌며 걷는 강 형의 걸음걸이가 사뭇 당당해 보여서 그 뒤를 따르는 김강한까지 괜히 든든해지는 심정이다.

"김 형, 여기가 이곳에서는 그래도 제일 좋은 자리야! 바로 내 자리지!"

지하통로의 가운데쯤에 멈춰 선 강 형이 짐짓 어깨에 힘을 주는 기색으로 말을 건넨다. 강 형의 말이 성큼 편해진 데 대해서는 김강한이 새삼스레 약간의 당혹스러움이 느껴지는 것이지만, 기왕에 '강 형', '김 형' 하는 사이가 되었으니 그도 좀더 편하게 대하면 될 터이다. 어쨌거나 강 형이 가리키는 바닥에는 제법 널찍한 공간이 비어 있다.

"아, 예. 그렇군요."

김강한이 짐짓 고개를 주억거리는 시늉으로 받아주자, 강형은 어깨를 한번 으쓱해 보이고는 능숙하게 종이 널빤지를 바닥에 깔고 이어 캐리어를 열어 안에서 담요 두 장을 꺼내 널빤지 위에 펼치고는 김강한에게 앉으란다.

강 형의 호의에 가볍게 사례한 김강한이 신발을 벗고 담요 위로 올라선다. 그러나 담요에 앉으려던 그는 멈칫하고 만다. 담요에서 확 덮쳐드는 엄청난 냄새 때문이다. 담요가 아직 몸에 닿지도 않았는데 벌써 온몸이 근질거리는 것만 같다. 그러나 이내 쓴웃음이 난다. 그가 지금 이것저것 가릴 처지는 아닌 것이다. 그럴 처지였으면 이곳까지 따라오지를 말아야 했다.

그가 얌전히 자리를 잡고 앉자 강 형이 빙그레 웃으며 입을 연다.

"서울역이나 영등포역으로 가면 여기보다 훨씬 깨끗하고 여러 가지 시설도 좋지만 난 여기가 최고로 편해. 나가라 마라 하는 간섭이 없거든. 여긴 밤에 들어와서 자고 아침 일찍 나가기만 하면 공무원들이든 누구든 크게 간섭을 안 해. 그리고 노숙 생활을 오래 해서 그런지 이제는 너무 편하면 잠이 안 와. 적당히 불편해야 오히려 잠이 잘 오거든."

이 바닥에도 레벨이라는 게 있거든?

어느덧 자정이 넘었다. 김강한이 마음이 싱숭생숭하여 잠을 이루지 못하는 중인데, 조용하던 지하통로의 한쪽 끝 편에서 돌연히 소란이 인다.

시비가 붙은 모양인데 사뭇 험악한 고성과 욕설이 오가는 본새가 금세라도 한바탕 주먹다짐으로 번질 듯하다. 잠시 오가는 내용을 들어보니 나중에 들어온 측과 먼저 자리를 차지하고 있는 측 사이에 자리다툼이 벌어진 것 같다.

"여기서는 매일처럼 벌어지는 일이야. 저러다 금방 조용해질 거니까 신경 쓸 것 없어."

강 형이 슬쩍 말을 던진다. 김강한으로서야 그런가 보다 하고 있을 수밖에 없는데, 강 형이 뭔가 설명이 부족하다 싶었는지 다시 말을 보탠다.

"아까 내가 이 자리가 제일 좋은 자리라고 했잖아?"

"……?"

"괜한 뻥으로 들었을지 모르겠지만 그거 진짜야. 이 바닥에도 레벨이라는 게 있거든? 각자 차지하고 있는 자리를 보면 대충 표시가 나. 우리가 있는 통로 가운데의 이쯤이 최상급이고, 여기에서 좌우로 멀어질수록 낮은 레벨로 가는 거지."

레벨이라는 게 있다는 건 그럴 수도 있겠다 싶은데, 강 형이 그중의 최상급을 차지하고 있다는 데서는 김강한이 의아함을 가져보지 않을 수 없다. 노숙자들의 세계이니 그 레벨이라는 게 결국은 완력으로 결정되거나, 혹은 완력은 부족하더라도 소위 '깡'이라도 있어야 높은 급을 차지할 수 있을 법한데, 그가 보는 강 형은 완력이나 깡과는 한참 거리가 멀다고 해야 할 사람이니 말이다. 그러나 김강한이 '강 형이 어떻게, 도대체 무슨 재주로 최상급이 됐소?' 하고 굳이 캐물을 것까진 또 아니어서 그냥 그러려니 하고 듣고만 넘긴다.

돈은 나한테도 있어!

강 형이 문득 자리를 털고 일어선다.

"아무래도 쉽게 잠들기는 어려울 것 같고… 김 형, 우리 소주나 한잔 더 하자. 김 형의 환영식 겸 해서 말이지. 잠깐만 있어봐. 내가 퍼뜩 가서 소주 좀 사 올게."

그 소리에 김강한이 우선 주머니 사정부터 헤아려 보지 않을 수 없다. 강 형이 환영식 운운하며 '한잔 더 할까?'도 아니고 '한잔 더 하자'고 하는 건 그에게 '신고식을 해라', 즉 '소주를 사라'고 하는 소리일 테니 말이다. 대충 주머니에 남은 잔돈푼을 헤아려 보니 겨우 소주 한 병 값은 될 듯하다. 이 시간이면 24시 편의점밖에 안 할 터인데, 소주값이 제법 비쌀 것까지를 감안하더라도.

"여기 돈……. 안줏거리까지 살 돈은 안 되겠지만……."

김강한이 주머니를 탈탈 털어 천 원짜리 두 장과 동전 몇

개를 내밀면서 괜스레 미안한 심정이다. 그런데 강 형이 흘깃 보더니 피식 실소하며 가볍게 고개를 가로젓는다.

"아냐. 돈은 나한테도 있어. 내가 김 형 환영식 해준다니까."

그리고 강 형이 주머니에서 꼬깃꼬깃 뭉쳐진 뭔가를 꺼내서 보여주는데, 시퍼런 지폐 뭉치다. 만 원짜리다. 그것도 제법 두툼한 부피로 보건대 한두 장쯤이 아니다.

김강한은 순간 할 말을 잃고 만다. 그럼 지금까지는 뭐였다는 말인가? 비록 국밥 한 그릇에 소주 두 병이지만 노숙자에 대한 그의 마지막 동정 내지는 베풂이라고 자위한 것도 솔직히 있었는데, 그 노숙자가 사실은 자신보다 오히려 풍족한 형편이었다는 것 아닌가?

김강한이 이윽고는 허탈해지기까지 하는데, 그런 그의 기분을 익히 짐작한다는 듯이 강 형이 다시금 피식 웃고는 슬쩍 말을 보탠다,

"아까 김 형한테 일부러 얻어먹으려고 했던 건 아냐. 우린 돈이 있어도 식당 같은 데는 맘대로 못 들어가거든. 더럽고 냄새나고 영업 방해한다고 받아주질 않아. 아까 그 국밥집처럼 얼굴이 팔린 곳은 특히나 더 그렇고."

김강한이 대충 이해는 되는 바이지만, 그러나 허탈한 기분은 쉽게 가시지를 않는다.

강 형도 없는 마당에

소주를 사 오겠다고 간 강 형은 한참이나 지났는데도 아직 돌아오지 않고 있다.

아까의 소란이 무색할 정도로 지하통로는 적막하기만 하다. 김강한이 적막에 가만히 적응하고 있자니 여기저기서 가늘게 코 고는 소리가 들리기 시작한다. 그리고 이내 그 소리는 합창을 이루는데, 마치 어느 사교 집단의 광신도들이 단체로 읊조리는 주문 같기도 하다.

그런데 어느 순간부터 그가 마치 흑마법의 주문에 걸리기라도 한 것처럼 몽롱한 기분에 취해가고 있을 때다.

"어이! 전부 여기로 주목!"

누군가 외치는 소리가 짜랑하니 울리며 잠들어 있던 지하통로가 화들짝 깨어난다.

지하통로에 새로운 한 무리 십여 명의 사내가 들어와 있다. 그런데 그 기세등등함만으로 봐도 동류의 노숙자들은 아니다. 김강한이 언제인가 본 잡지의 르포 기사에서 노숙자나 쪽방촌의 일용직들을 등쳐먹는 양아치들이 있다고 하더니 영락없이 그런 부류 같다.

"지금부터 자치회 찬조금을 거두겠다! 다들 준비하고 있다가 신속하게 납부할 수 있도록! 알았나?"

여기저기에서 힘없는 대답 소리가 들린다.

"대답 소리 봐라! 알았냐고, 새끼들아!"

"예!"

대답 소리가 한층 커진다.

"야, 이거 오늘따라 왜 이렇게 냄새가 구리냐? 퍼뜩 끝내고 나가자!"

또 다른 목소리가 껄렁하니 외치는데, 아마도 양아치 패거리의 우두머리인 모양이다.

양아치 패거리가 두 개 조로 나뉘어 통로의 양쪽 끝에서부터 돈을 거두며 차차 가운데로 온다. 그리고 아마도 익숙한 일인지 노숙자들은 순순히 푼돈을 꺼내 바친다.

김강한이 두려울 것까지는 아니더라도 당황스럽다. 강 형도 없는 마당에 이건 또 무슨 황당한 상황이란 말인가?

이놈 눕히고 튀자!

패거리 중 하나가 껄렁껄렁 김강한이 있는 쪽으로 다가온다. 서른 중반쯤이나 되어 보이는 그자는 와이셔츠의 단추를 네 개쯤이나 풀어 헤쳤는데, 그 속으로 보이는 굵은 금줄 목걸이가 사뭇 유치한 느낌이다.

"어이, 넌 뭐냐?"

금줄 목걸이가 툭 던진다. 김강한이 뭐라고 대답할 말을 쉽게 떠올리지는 못하는데, 놈은 그걸 자신의 카리스마에 잔뜩 졸아든 것쯤으로 받아들인 모양이다.

"보아하니 아직 이런 데까지 올 정도로는 안 보이는데? 무슨 사정인지는 모르겠지만 어쨌든 신참이 주제넘게 그 자리를 차지하고 있으면 안 돼! 여기가 아무리 인생 막장이라고 하더라도 아래위가 있는데 말이야!"

놈은 설교라도 하는 투다.

'이걸 참, 어떻게 상황을 설명해야 할지……'

김강한이 새삼 당혹스러워서 주변을 돌아본다. 그런데 강형의 소개로 잠시 눈인사라도 나눈 바 있는 옆자리의 노숙자들은 그의 시선을 피해 버린다. 자신들과는 아무 상관 없는 일이라는 태도이다.

"근데 이 새끼가 엉덩짝에다가 껌 붙여놨나? 발딱 안 일어나나?"

금줄 목걸이의 기세가 거칠어진다. 계속 앉아 있다간 당장 발길질이라도 날아올 듯하다.

당혹스러운 중에도 김강한이 이쪽에서는 속에서 슬며시 치밀어 오르는 것도 있다. 예의 그 '삐딱선'의 발동이다.

'이놈 눕히고 튀자!'

김강한이 간단히 작정하고는 엉거주춤 시늉으로 일어서다가는 기습적으로 금줄 목걸이의 관자놀이에다 한 방을 꽂아준다.

퍽!

"헉!"

금줄 목걸이가 짧게 경악인지 비명인지를 토해내며 풀썩 주저앉고, 김강한은 지체 없이 지하통로의 왼쪽 출구를 목표로 내달린다.

"어, 어? 저거 뭐야!"

"저 새끼 잡아!"

한발 늦게 사태를 파악한 양아치 패거리가 고함을 질러대며 일제히 김강한을 뒤쫓는다.

그런데 그때다. 갑자기 뜻밖의 상황이 벌어진다. 좌측 출입구 근처에 있던 노숙자들이 우르르 움직여서는 계단으로 통하는 통로를 막아서고 있다. 마치 양아치들과 한패거리가 된 것처럼.

김강한은 멈춰 설 수밖에 없다. 어느 틈에 겹겹으로 쳐진 노숙자들의 벽을 뚫고 나가기란 가능한 일이 아니다.

폼이라도 잡고 죽자!

양아치 패거리가 김강한을 향해 다가온다.

앞장을 선, 관자놀이 부근이 시퍼렇게 부어오른 금줄 목걸이의 두 눈이 차갑게 웃고 있다. 그런 놈의 손에 잭나이프 한 자루가 빙글빙글 재주를 돌고 있다.

김강한은 차라리 실소가 머금어진다. 어제부터 일진이 진짜 더럽다고 해야 하나? 다짜고짜 그를 죽이려던 이상한 놈들을 피해 겨우 도망쳤더니 이젠 또 엉뚱하게도 무지막지한 양아치 패거리와 엮이고 있으니 말이다.

'제기랄! 이래도 죽고 저래도 죽을 운세라면 폼이라도 잡고 죽자!'

악이 받치기도 한다.

"야, 귀찮으니까 한꺼번에 다 와라!"

어느 영화에서 나오는 대사던가? 김강한의 외침에 금줄 목걸이가 어이가 없는지 피식 실소한다. 그러곤 패거리를 향해 외친다.

"뭣들 하고 있냐? 저 새끼 당장 내 앞에다 꿇려!"

패거리가 우르르 김강한을 향해 덮쳐든다. 그런데 그때다.

"지금 뭐 하는 짓들이야?"

입구 쪽에서 누군가 크게 외치는데, 별로 크지도 않은 그 소리가 양아치 패거리를 일시에 멈추게 한다. 이어 노숙자들이 만들고 있던 겹겹의 벽이 슬그머니 흩어지면서 그 사이를 한 사람이 잰걸음으로 들어선다.

바로 강 형이다.

방해되니까 그만들 가줬음 좋겠어!

"이봐, 두치! 이 친구는 내 손님이야! 그러니까 건들지들 마!"

김강한을 가리키며 금줄 목걸이에게 말하는 강 형의 모습이 사뭇 당당해서 아주 다른 사람처럼 보이는 데가 있다. 금줄 목걸이 두치가 확 인상을 일그러뜨린다. 그러나 그는 이내 표정을 펴며 짐짓 능글거리는 투로 뱉는다.

"에이, 강 씨! 그건 아니지! 여긴 내 구역이야! 근데 강 씨가 나한테 그딴 식으로 말하면 안 되지!"

그러나 강 형은 사뭇 단호하다.

"쓸데없는 소리 할 것 없고, 이것만 알아둬! 내 손님을 건드리면 날 건드리는 걸로 간주할 테니까 그래도 괜찮다면 한번 건드려 보든지!"

두치가 또한 차갑게 얼굴을 굳히며 받는다.

"강 씨, 지금 너무 세게 나오는 거 아냐? 저 새끼가 나한테 선빵을 날렸다고! 최소한 그것에 대한 빚은 갚아줘야 맞는 거 잖아?"

"맘대로 해보라니까! 대신 이 구역 보스 노릇은 그만둬야 할 거야! 내가 무슨 짓을 해서라도 반드시 그렇게 만들어줄 거니까!"

"이런 씨발! 이걸 그냥 확……!"

두치의 기세가 이윽고는 험악해진다. 그러나 강 형은 조금도 주눅 드는 모습이 아니고, 그런 데 대해 두치는 뭔가 켕기는 것이라도 있는지 이내 기세를 누그러뜨리고는 다시금 능글맞은 투가 된다.

"에헤이, 강 씨! 오늘 무슨 날이야? 왜 이리 날카로워? 알았어. 오늘은 내가 강 씨 체면 세워줄게. 그런데 강 씨도 너무 그러는 거 아니야. 내 똘마니들이 다 보고 있는 데서 나한테 그렇게 막 들이대면 내 체면은 뭐가 되겠어? 앞으로는 신경 좀 써줘. 알았지?"

이어 두치는 김강한을 향해 비릿하게 웃어 보이며 목소리를 깐다.

"어이, 너! 어디서 뭐 하고 굴러먹던 놈인지는 모르겠다만, 여기서는 함부로 깝치지 마라! 언 놈 손에 당하는지도 모르게 배때기에 구멍 나는 수가 있으니까 알아서 기라는 얘기다! 알겠냐, 새끼야?"

그러나 김강한이 무덤덤하게 보고만 있는데, 강 형이 슬쩍 끼어든다.

"나한테 중요하게 할 일이 있는 거 알지? 방해되니까 그만들 가줬음 좋겠어."

두치가 힐끗 강 형을 노려보고는 찍 바닥에다 침을 한번 뱉고 제 패거리를 향해 외친다.

"야! 다들 철수해!"

이 바닥에서 살아가는 이치랄까?

"어떻게 된 겁니까?"

김강한의 물음에 강 형이 짐짓 딴전을 부리며 반문한다.

"뭐가?"

"방금 그놈들 말입니다."

"이 구역을 차지하고 있는 양아치들이야. 아주 나쁜 놈들이지. 힘없는 노숙자들에게 왕처럼 군림하며 상납금을 뜯고 함부로 괴롭히기도 하지. 그러나 걱정할 것 없어. 놈들도 날 함부로 건드리지는 못하니까."

"그러니까 그놈들이 왜 강 형한테는……?"

"왜 나한테 함부로 못 하냐고? 내가 말했잖아? 여기서는 내가 최상위 레벨이라고."

강 형은 짐짓 뜸을 들이듯이 빙그레 한 번 웃고 나서 다시 느긋한 투로 말을 보탠다.

"사실은 뭐 별로 특별한 게 있는 것도 아니야. 나한테 어떤 일을 부탁한 사람이 하나 있는데, 그 사람이 아까 그 두치 패거리보다 훨씬 더 힘이 세거든. 그게 다야. 약자에겐 잔인하리만치 강하고 강자에겐 철저하게 약한 것! 이 바닥에서 살아가는 이치랄까? 뭐, 그런 셈이지."

이쯤 되면 김강한으로서는 더욱 궁금해질 수밖에 없는 노릇이다. 강 형에게 도대체 무슨 특별함이 있는 건지…….

"미안한데 소주는 나중에 마셔야겠어. 내일까지 꼭 해야 할 일이 밀려 있는 걸 깜빡하고 있었지 뭐야?"

강 형이 아마도 소주 두어 병과 간단한 안줏거리가 들어 있을 검은 비닐봉지를 들어 보이며 멋쩍은 듯이 말한다.

그런 강 형의 모습에서는 아까 저녁나절 국밥집에서 그가 말한 '내일이 없는 인생'이니 '당장 죽어도 아쉬울 것 하나 없는 인생'이니 '그저 지금 이 순간을 즐기는 게 우리 같은 처지에서는 최선'이니 하는 따위의 말들이 문득 무색해진다.

"자, 그럼 나는 일을 좀 할 테니까 김 형은 먼저 자든지 하라고."

그리고 강 형은 짐짓 어깨와 팔을 푸는 시늉이더니 이어 품속에서 뭔가를 꺼낸다. 휴대폰이다. 그것도 최신 고급 기종의 스마트폰으로 보인다. 그러나 막상 평소에 쓰지는 않는 듯이 이제야 전원 버튼을 누른다.

'저게 과연 켜질까?'

김강한은 괜한 의구심을 가져본다. 어디서 고장 난 걸 하나 주워서 폼을 잡는 건 아닌가 싶기도 하다. 그런데 휴대폰 화면에 빛이 들어온다. 김강한의 의구심이 슬쩍 의심으로 변질된다.

'훔쳤나?'

제6장
—
천락비결(天樂秘訣)

사실은 사기야!

강 형의 스마트폰 화면 속에서 수십, 수백 마리의 올챙이 같은 형상이 어지럽게 꼬물거리고 있다.

"이거 무슨… 과두문 같네요?"

김강한이 그냥 떠오르는 대로 생각 없이 뱉는다.

"얼래? 김 형이 과두문을 알아?"

강 형은 뜻밖이라는 표정이다. 그에 대해서는 김강한이 '그럼 몰라야 되나?' 하는 반감이 불쑥 든다. 과두문이 아주 오래된 문자라는 것 외에는 아는 게 전혀 없지만, 그래도 노숙자한테 무시당하는 느낌이랄까?

강 형이 문득 표정을 가다듬는다.

"이게 말이지, 말하자면 세상에서 가장 오래된, 그러니까 인류 최초의 문자라고 할 수 있는데 말이야. 중국의 한자도 이것으로부터 나왔다고 하지. 흠……."

강 형이 짐짓 무게를 잡고는 다시 잇는다.

"옛날 중국 황제 때, 아, 삼황오제 할 때의 그 황제 말이야. 새의 발자국에서 암시를 얻어 만들었다고 하는데, 글자의 획이 올챙이처럼 머리는 굵고 끝은 가는 데서 지어진 이름이라지. 혹은 중국이 아니고 우리의 조상인 배달국의 한웅천황 때 만든 녹도문(鹿圖文)이라고 하는 설도 있어. 그게 나중에 중국의 은나라와 주나라로 이어지면서 한자로 발전이 되었다는 거지."

"그러고 보니까 강 형, 진짜 전문가 같습니다."

갑작스러운 강의가 달갑지는 않지만 김강한이 진심 반 농담 반으로 감탄해 준다. 고문(古文) 쪽으로 전문가 소리를 듣던 때가 있었다고 강 형 자신의 입으로 말하지 않았던가? 강 형이 싱긋이 웃고는 짐짓 쑥스럽다는 듯이 받는다.

"사실은 나도 잘은 몰라. 옛날에 그쪽 계통에서 일할 때 주워들은 풍월일 뿐이지."

"풍월이거나 어쨌거나 이 요상하게 생긴 글자들을 지금 해석하고 있다는 거 아닙니까?"

그런데 강 형은 간단하게 고개를 가로젓는다.

"아냐."

"……?"

"과두문은 이미 수천 년 전에 사문화가 된 문자야. 이 시대에 과두문을 완벽하게 해석할 수 있는 사람은 없어."

"그럼 아까 일을 부탁받았다고 한 건… 이걸 해석한다는 뜻이 아니었습니까?"

"그건 맞아."

다시 간단히 수긍하는 강 형의 표정에 묘한 웃음기가 번진다. 그러나 앞뒤가 맞지 않는 그 모순에 김강한으로서는 슬쩍 짜증이 돋는데, 강 형이 웃음기를 짙게 만들면서 슬쩍 덧붙인다.

"사실은 사기야."

사기라고? 이건 또 뭔 소린가 싶은데, 강 형이 유들거리는 투로 말을 잇는다.

"원래 사기란 게 말이야, 아주 몰라서는 또 칠 수가 없는 거거든. 적어도 상대가 속아 넘어갈 정도는 알아야 사기도 칠 수 있는 거거든."

천락비결(天樂秘訣)

"이건 천락비결(天樂秘訣)이라는 제목이 달린 문서의 일부분

이야. 제목 그대로 하늘의 즐거움을 누릴 수 있는 비결쯤이랄
까?"

강 형이 묻지도 않은 소리를 한다. 그러더니 또,

"밑으로 가면 재밌는 그림도 있는데, 한번 볼래?"

하며 실실거리는 웃음으로 폰의 화면을 스크롤해서 아래로
내린다.

김강한이 뭔 소린가 싶은데, 화면이 쭉 아래로 내려가자 저
절로 알 만하다. 이건 뭐 낯이 다 뜨겁다. 예의 그 과두문으
로 된 글자들 아래로 그림이 나오는데, 남녀가 기묘하게 얽힌
아주 노골적인 성애 장면의 묘사다. 이를테면 옛날판 도색잡
지랄까?

스크롤이 계속 내려가는데 일단의 그림들이 지나가자 그
밑으로는 다시 빽빽하니 글자가 나온다.

그런데 이번에는 과두문은 아니고 보통의 한자다. 물론 김
강한으로서는 무슨 뜻인지는 고사하고 읽을 수조차 없는 건
마찬가지지만. 다만 짐작하건대 그림 위쪽의 과두문을 한자로
해석해 놓은 게 아닌가 싶다.

"여기까지가 요번 달 작업 분량이야. 한 달에 한 번꼴로 대
충 요 정도의 분량을 받아서 해석해 주는 거지. 벌써 일 년
가까이 하고 있는데, 어쨌든 한글로 해석을 해야 하고, 또 그
럴듯하게 보이도록 다듬는 작업이 만만치는 않아. 사실은 일
부러 시간을 끄는 것도 있지. 이 일 덕분에 그나마 편하게 잘

살고 있는데, 가능한 데까지는 오래 끌고 갈수록 좋은 거 아니겠어? 안 그래?"

강 형이 말끝에 굳이 그의 반응을 유도하지만, 김강한이 뭐라고 할 건가? 그저 듣고만 있는 수밖에.

강 형이 피식 웃으며 다시 잇는다.

"내일이 저쪽에서 오기로 한 날이야. 생긴 건 아주 멀쩡하게 생긴 자들인데, 얼마나 깐깐하고 정확한지 정해진 날짜에서 하루도 틀리는 법이 없어. 그리고 있는 놈들이 더 인색하다고 짜기는 또 얼마나 짠지, 아주 왕소금 저리 가라야."

얘기에 재미를 붙이는 모양으로 강 형의 눈빛이 반짝거린다. 그러나 김강한은 슬슬 눈꺼풀이 무거워지기 시작한다. 나름 파란만장한 강행군의 하루를 보낸 후유증이리라. 강 형도 눈치를 긁은 모양으로,

"자, 얘기는 이쯤 하고 난 이제 일 좀 할게. 아, 그리고 내일이거 넘기면 돈이 좀 들어오니까 내가 거하게 한판 쏨세."

하고 알아서 마무리를 한다. 그러곤 곧장 휴대폰 화면을 들여다보며 집중 모드로 들어가는 그를 보며 김강한은 내심으로 쓴웃음을 짓는다.

'거하게 한판 쏠 돈 생기면 우선 노숙자 신세 면할 생각이나 하쇼.'

그런데 눈을 감으니 막상 또 잠이 오지를 않아서 김강한은 이런저런 생각 속으로 잠겨든다.

또 하루가 가고 있다. 새로운 하루는 또 어떤 모습으로 다가올까? 그리고 또 어떻게 지나갈까?

그림 속의 선들이 춤을 춘다

김강한이 언제 잠이 들었는지도 모르게 깜빡 잠에 빠진 모양이다. 설핏 깨고 보니 으슬으슬하니 춥다. 더하여 팔다리가 저리고 온몸이 욱신거리는 게 영 편하지를 않다. 그러나 이내 당연한 노릇이다 싶다. 말 그대로 노숙이니까 말이다.

지하통로 안은 여전히 조명 빛으로 밝다. 그렇더라도 새벽을 느낄 수는 있다. 새로운 날의 새벽.

곁을 보니 강 형은 여전히 일을 하는 중이다. 휴대폰을 들여다보며, 또 작은 수첩에다 뭔가를 열심히 쓰기도 하는 중인데, 김강한이 깬 기척을 느끼지 못할 정도로 아주 몰입해 있는 모습이다.

방해가 될까 싶어 김강한이 눈만 뜬 채로 멍하니 통로의 천장을 보고 있는데, 문득 머릿속에 뭔가가 새록새록 생겨나기 시작한다. 일말의 이질적인 기억들이다. 그 잠깐의 새우잠에 선꿈이라도 꾼 모양인가?

김강한은 점점 생생해지는 기억들을 잠깐 정리해 보다가는 피식 쓴웃음을 짓고 만다. 그거다. 그 옛날식 도색잡지, 천락비결의 그림 말이다.

'이건 뭐 몽정할 나이의 사춘기도 아니고… 야동에 비하면 야한 축에도 못 낄, 그냥 스케치 수준에 불과한 그림 몇 장 봤다고 꿈까지 꾸다니……'

괜히 쑥스럽다. 그러나 그런 중에도 꿈결의 기억은 슬금슬금 재생되고 있다.

그런데 이게 어째 좀 요상한 쪽으로 진전되는 것 같다. 예의 그 그림들이 이상할 정도로 또렷하게 부각되는데, 그 속에서 무수히 많은 선들이 복잡하게 얽히고 있다. 그러더니 한순간 선들이 꿈틀대며 움직이기 시작한다.

김강한은 가볍게 머리를 흔든다. 그러나 머릿속은 정리되기는커녕 급기야 그림 속의 선들이 아예 춤을 추기 시작한다.

어지럽다. 아무래도 잠이 덜 깼나 보다.

김강한은 다시금 머리를 세차게 흔든다.

왜? 텐트라도 쳤어?

"어? 깼어?"

강 형이 고개를 들며 손에 들고 있던 휴대폰과 작은 노트를 바닥에 내려놓는데, 자신 때문에 몰입이 깨진 것 같아 김강한은 미안한 심정이 된다. 그러나 이어 한쪽에 치워둔 검은 비닐봉지에서 주섬주섬 소주 두 병과 종이컵이며 과자 봉지를 꺼내 늘어놓는 강 형의 모습에서 그는 마침 작업을 끝낸 것으로 보인다.

강 형이 종이컵에다 가득하니 술을 채운다. 물어보지도 않고 김강한의 것까지.

벌컥벌컥!

갈증에 냉수라도 들이켜듯이 단숨에 한 잔을 비워낸 강 형은 욕심이라도 부리는 듯이 다시금 자신의 잔을 채우고 나서야 김강한에게도 한 잔을 권하는 손짓을 한다.

새벽에 깨자마자 소주라니! 그러나 권하는 성의(?)에 김강한이 마지못해 한 모금을 삼키는데,

짜르르!

말라 버린 입과 식도를 타고 내려가는 알코올의 느낌이 생생하다 못해 차라리 치열하다. 지난 몇 년간 결코 만만했다고는 할 수 없는 삶을 살아온 그로서도 처음으로 맛보는 경험이다.

그런 중에 김강한은 문득 궁금해지는 것이 있다. 그것이 무엇인지 당장에 구체화되지는 않지만, 그렇기에 더욱이 확인을 해보고 싶은 그런 궁금함이랄까?

"저기… 강 형, 폰 좀 보면 안 될까요?"

강 형이 의아한 빛으로 묻는다.

"왜? 뭐 하려고?"

"그냥… 잠깐만 볼게요."

"이거 전화 안 되는데? 개통을 안 했어."

"통화를 하려고 하는 게 아니라 그거… 한 번만 더 보게 요."

"그거? 그게 뭔데?"

김강한이 쑥스러움이 확 밀려드는데,

"아, 그거?"

강 형이 짐짓 알겠다는 듯이 고개를 끄덕이고는 슬며시 짓 궂은 표정이 된다.

"왜? 텐트라도 쳤어? 하긴, 한참 좋을 나이니 아침마다 텐트 를 치는 게 당연하지. 어쨌든 부럽네."

김강한은 문득 강 형의 농담이 낯설다는 생각을 해본다. 민 망하기도 하지만, 둘의 사이가 그새 이런 농을 주고받아도 될 만큼 가까워졌나 싶다.

"에이, 쓸데없는 소리 하지 말고 좀 봅시다."

에이씨!

스마트폰 화면에 과두문 글자가 떠 있다. 김강한에게는 여 전히 그냥 꼬물거리는 올챙이일 뿐이다. 당연하다.

그가 화면을 스크롤해서 내리자 예의 그 노골적인 묘사의 그림이 나온다. 그런데 그림을 보는 순간부터 무언가 당연하 지 않아지기 시작한다.

처음 보았을 때 그것은 노골적인 성애 장면을 묘사했다 뿐이지, 막상은 별 감흥을 느낄 수 없는 그저 단순하고도 엉성한 그림에 불과했다. 그런데 지금 그림에서는 많은 것들이 새롭게 보이고 있다.

이리저리 복잡하게 그어진 선들이다. 곡선으로만 이루어진 선들은 크게 보면 마치 지문(指紋)을 여러 개를 겹쳐놓은 것 같기도 한데, 또 자세히 보면 그 곡선의 급한 정도와 완만한 정도가 제각기 다르고 그 굵기도 조금씩은 다 차이가 난다.

그리고 좀 전에 그가 머릿속으로 이미 한번 경험한 것처럼 그림 속의 선들이 다시금 움직이고 춤추기 시작한다. 그러더니 그 선들은 나아가 무언가를 암시하는 느낌이 된다. 아니다. 다만 느낌이 아니라 실제로 뭔가를 암시하기 시작한다.

참으로 황당하기 짝이 없는 노릇이다. 그럼으로써 이건 결국 상상이고 허상일 뿐이다. 아니면 그가 아직 잠에서 덜 깬 것이든지.

"에이씨!"

김강한이 저도 모르게 내뱉으며 다시금 머리를 세차게 흔든다. 그 돌연한 발작(?)에 강 형이 설핏 놀란 기색이 되고 만다.

"김 형, 왜 그래?"

사기꾼 기질

"그러니까 글자는 전혀 모르겠는데, 그림만 보고도 대충 무슨 내용인지를 알겠다?"

대강의 얘기를 듣고 난 강 형이 사뭇 호기심이 생긴다는 듯이 고개를 갸웃하며 묻는다. 그러나 그의 얼굴에 비치는 실실거리는 웃음기에서 김강한은 뒤늦은 후회를 떠올린다. 역시나 괜한 얘기를 한 것이다. 그러나 기왕에 입 밖으로 꺼낸 바이니 이제 와서 없던 얘기로 하자고 할 수도 없는 노릇이다.

"아니요. 내용을 알겠다는 것보다 그림에서 그냥 뭔가가 막 떠오른다는 거죠."

강 형이 다시금 고개를 갸웃하며 짐짓 생각을 굴리는 모양새이더니 다시 불쑥하니,

"근데 그거 자세하게 좀 얘기해 줄 수 있겠어? 그림에서 막 떠오른다는 것들 말이야."

하고 묻는다.

"그건… 뭐 하게요?"

"뭘 할 건가 하면 말이지. 흠, 그러니까 사기란 게 말이야, 길게 끌면 결국은 뽀록이 나게 돼 있는 법이거든? 무슨 얘기냐 하면, 그동안 저치들도 내가 해석해서 넘겨준 내용에 대해 어떤 식으로든 검증을 안 해보진 않았을 테니, 그렇다면 이제쯤에는 뭔가 좀 엉성하고 허술하다는 감을 잡았을 공산이 크다는 거지."

그러고 강 형은 싱긋 웃으며 툭 가볍게 김강한의 어깨를 건

드린다.

"뭐, 그렇다고 걱정할 건 아니고, 그냥 즐기면 돼. 즐길 수 있을 때까지."

안 그래도 김강한으로서야 어디까지나 남의 문제에 대해 굳이 걱정까지 할 마음은 아닌데, 강 형이 웃음기를 거두며 다시 말을 잇는다.

"김 형이 그림을 보면서 떠오른다는 그거 말이지. 내가 딱 감을 잡기로는 일종의 영감과 같은 거야. 번갯불처럼 스쳐 가는 영감. 본래 역사에 남을 위대한 작품들은 다 그런 번뜩이는 영감에서 탄생하는 거라고. 그래서 말인데… 김 형의 그 영감 말이야. 내가 해석한 내용에다 적당히 섞어보면 어떨까 하는 생각이야. 그럼 훨씬 더 그럴듯한 작품이 나올 것 같단 말이지. 놈들을 한동안 더 우려먹기에 충분한 작품!"

얘기가 그런 쪽으로 흐르고 보자 김강한은 또 설핏 당황스럽다.

"그렇지만… 그건 그냥 느낌일 뿐인데……."

"알아. 그러니까 그냥 느낌 그대로 나한테 얘기만 해주면 돼. 나머지는 내가 다 알아서 할 테니까."

그런 데서는 김강한이 또 문득 묘한 기분이 된다.

"그러니까 뭡니까. 지금 저보고 강 형의 사기에 가담하라는 겁니까?"

"엉? 얘기가 또 그렇게 되나? 흐흐흐! 근데 그럼 안 되나?

이제 보니까 김 형도 사기꾼 기질이 제법 농후한데, 뭐."

"뭐라고요?"

"아아, 농담이야! 지금 당장 하자는 건 아니고, 다음 달 치 작업할 때쯤 그래 보면 어떨까 해서 하는 얘기니까 한번 생각을 해보자고. 생각해 보고 또 영 아니다 싶으면 안 하면 되는 거고."

김강한이 잠시 염두를 굴려보니 한 며칠은 더 강 형의 신세를 져야 할 판이다. 그러자면 결국 강 형이 기왕에 치고 있는 사기의 득을 얼마간이라도 보지 않을 수는 없는 노릇이고, 그럼 어차피 사기에 가담하는 것과 크게 다를 것도 없지 않겠는가?

그리고 불가피하게 강 형의 사기에 얼마간쯤 편승한다고 해서 그게 또 뭐 그렇게 큰 문제가 될까 싶기도 하다. 케케묵은 도색잡지 따위나 해석하려는, 구차스럽고 잡스러운 인간들을 상대로 치는 사기인데 말이다.

시간이 죽는다

새벽이 성큼 지나가고 있지만 여전히 이른 시간인데, 지하 통로 안은 문득 소리 없이 분주해진다.

여기저기에서 노숙자들이 부스스한 모습으로 일어나고 있다. 그리고 간밤에 덮고 잔 담요와 옷가지, 바닥에 깔고 벽을

친 신문지와 널빤지 따위를 정리한다.

이어 하나둘씩 조용히 지하통로를 빠져나가는 그들의 모습은 마치 새벽의 유령들 같다.

다시금 고요에 잠긴 지하통로의 아침은 바깥세상의 통행자들이 하나둘씩 들어서고 나서야 다시 고요가 깨어진다.

그리고 통행자들이 좀 더 불어나면서 지하통로는 마침내 그 본연의 모습을 되찾는다.

강 형은 김강한에게는 낯설기만 한 이곳 세상의 왕고참이다. 김강한은 강 형을 따라 인근 상가의 화장실로 가서 용변을 보고, 세수를 하고, 손가락을 칫솔 삼아 양치를 한다.

아침은 가볍게 건너뛰는 모양이다.

강 형은 당연한 듯이 먹을 생각이 없는 듯하고, 김강한도 영 입안이 깔깔하다.

강 형이 앞서 걷고 김강한은 그 뒤를 따른다.

목적지가 어딘지도 모른다. 하긴 딱히 목적지가 있을 리도 없으니 그냥 거리를 배회하는 것이리라.

시간이 그저 흐른다. 아니, 시간이 그저 죽는다.

수없는 초(秒)와 분(分)이 이름도 없는 사체로 나뒹군다. 아무런 의미도 없이.

밥에 대한 절실함

앞서 걷는 강 형의 발걸음에서 문득 어떤 의지가 비친다. 이제야 뭔가 목적을 두고 걷는 느낌이다.

김강한도 덩달아 의지를 담아본다. 목적은 여전히 모르는 채로.

무료 급식소다.

그러고 보니 어느덧 점심때다. 아직도 배가 고프다는 느낌 은 그다지 없지만.

급식소 앞에는 이미 긴 줄이 형성되어 있다. 강 형을 따라 그 줄 끝에 서자니 김강한은 영 민망하다. 상대적으로 너무 젊고 멀쩡해서 눈치가 보인다.

김강한이 고개를 숙이고 배식을 받는데, 먼저 배식을 받은 강 형이 곁으로 와서 보고 있다가 불쑥 외친다.

"더 줘요!"

배식하는 아주머니가 흘깃 강 형 쪽을 쏘아보고는 김강한 의 식판에 덥석 한 주걱의 밥을 더 담는다. 갑자기 두 배로 늘 어난 밥에 대해 김강한은 당황스럽지만 그의 뒤로 아직도 길 게 줄을 선 사람들 때문에라도 그냥 앞으로 밀려갈 수밖에 없 다.

난감하다. 이 많은 걸 어떻게 다 처리하나 걱정부터 앞선 다. 그런데 흘깃 둘러보니 전부 다 그렇다. 강 형의 식판에도, 그에 앞서 배식을 받은 사람들의 식판에도 이제 막 만든 무덤 의 봉분처럼 밥이 높다랗게 솟아 있다.

김강한은 그제야 보이는 것 같다. 밥에 대한 그들의 절실함이. 그들에게는 다만 점심 한 끼가 아닌 것이리라. 오늘 처음으로 대하는 밥이자 오늘의 마지막 밥일 수도 있으리라. 먼 곳에서 온 어떤 사람에게는 며칠 만에 보는 밥이자 내일 또 먹을 수 있을 거라는 보장이 없는 절실한 밥일 수도 있으리라.

강 형을 따라 급식소 바깥의 적당한 곳에 자리를 잡은 김강한은 땅바닥에다 식판을 놓고 한 술을 뜬다. 입안이 깔깔해서 그런지 무슨 맛인지 잘 모르겠다.

그러나 억지로라도 씹어서 목구멍으로 넘기자 이내 배 속에 뭔가 든든한 것이 채워지는 듯하다. 오늘 하루를 살아낼, 버텨낼 절실함이리라.

긴 하루

식사 후 강 형은 낮잠을 자러 가자며 김강한을 이끈다. 무료 급식소에서 도로 하나를 건너 계단을 올라가자 바로 작은 동산의 산자락이 나온다.

산자락 초입의 공터에 팔각정이 하나 서 있고, 그 옆으로는 몇 가지 운동기구도 놓여 있다. 그러나 강 형은 팔각정이라도 집은 싫다며 굳이 공터 구석의 풀밭 위로 자리를 잡는다. 그러나 내리쬐는 태양빛이 뜨거워 둘은 이내 다시 옆쪽의 커다란 소나무 그늘 아래로 자리를 옮긴다.

소나무 뿌리 부근에 개미집이 있나 보다. 개미들이 줄지어 들락거린다. 어린아이처럼 개미들에게 한참이나 정신을 빼앗기고 있다가 두 사람은 멍하니 각자의 생각에 잠긴다. 그러나 다시 얼마 지나지 않아 강 형은 어느새 졸고 있다.

"김 형, 그만 내려가자."

강 형이 어깨를 흔드는 바람에 김강한은 퍼뜩 잠에서 깬다. 소나무 둥치에 기대 있다가 그도 모르게 설핏 잠이 든 모양이다.

어느새 저녁 무렵이다. 강 형이 자리를 털고 일어서기에 그도 일어선다. 그리고 강 형이 걷기에 그도 그 뒤를 따라서 걷는다.

다시 배회를 시작하는 것이리라. 아직도 많이 남은 여분의 시간을 마저 죽이기 위해.

밤늦게 그들은 다시 지하도로 돌아간다. 한 끼 무료 급식으로 배를 채운 것 말고는 오늘 하루 그들은 아무것도 한 게 없는 것 같다. 그러나 긴 하루였다. 마치 일 년쯤 시간이 흐른 것 같다.

강 형은 익숙하게 다시 종이 널빤지를 깔고 담요를 펼친다.

에계! 이게 다야?

자정 무렵.

지하통로가 바깥세상과는 완전히 차단된 지 한참이나 지났
는데 멀쩡한 차림의, 그래서 노숙자는 결코 아닌 사내 하나가
지하통로 안으로 들어선다.

그리고 사내는 노숙자들의 세상에 대해서는 조금의 머뭇거
림이나 거부감도 보이지 않고 뚜벅뚜벅 걸어와 강 형과 김강
한의 앞에서 멈춰 선다.

강 형을 찾아온 것일 터다. 그런데 두치네의 양아치 패거리
같지는 않다. 사내의 반듯한 양복 차림에서부터 깔끔한 외모
가 풍기는 분위기는 지나치다고 할 정도로 매끈하다.

사내가 김강한에게 흘깃 주는 시선에서 경계가 느껴진다.
쩜쩜하기는 김강한 또한 마찬가지여서 짐짓 사내를 외면한다.

"이 사람은 누굽니까?"

사내가 강 형에게 묻는다. 그런데 사내의 목소리에서 김강
한은 설핏 어디선가 한 번쯤 들은 것 같은 느낌을 받는다. 그
러나 사내는 그가 처음 보는 사람임에 확실하다.

"윤 팀장, 두치한테서 벌써 얘기를 들었을 거면서 뭘 또 묻
고 그러시오? 내 친구요. 됐소?"

강 형이 시큰둥하니 받는다. 그렇지만 기껏 삼십 대 중반쯤
으로나 보이는 사내를 대하는 그의 태도가 두치를 대할 때와
는 확연히 다르다는 데서, 그리고 윤 팀장이라는 호칭에서도
사뭇 격이 다른 사내의 존재감을 엿볼 수가 있다.

"강 선생께 친구가 있었습니까?"

사내 윤 팀장의 강 형에 대한 '선생'이라는 호칭은 김강한에게 이색적이리만치 낯설다. 그러나 정작 강 형은 그 호칭에 대해서는 조금도 이질감이 없는 듯 여전히 시큰둥하니 받아친다.

"왜? 나 같은 사람은 친구 있으면 안 되는 거요?"

윤 팀장이 다시금 흘깃 그를 살피기에 김강한이 짐짓 먼 데를 보며 외면하는 중에 강 형이 슬쩍 주의를 돌린다.

"남의 사적인 일에는 그만 신경 끄고 우리 볼일이나 봅시다."

윤 팀장이 그제야 강 형에게로 시선을 되돌린다.

"작업은 끝냈습니까?"

"음, 그런데 이번 작업 분량에는 유난히 난해한 내용이 많습디다."

강 형이 슬쩍 간을(?) 보는 눈치인데,

"못 끝냈다는 겁니까?"

윤 팀장의 목소리가 설핏 뾰족해진다.

"나 참, 하여튼 까칠하기는. 며칠 밤을 꼬박 새워서 겨우 끝냈는데, 그만큼 고생이 많았다는 얘기요."

강 형이 슬쩍 넉살을 떨지만, 윤 팀장은 틀에 박힌 느낌의 사무적인 태도일 뿐이다.

"휴대폰과 작업 수첩 주십시오."

"어허, 한두 번 하는 것도 아니고, 왜 또 이러시나? 순서가 그게 아니잖소? 돈 먼저."

강 형이 이번에는 또 짐짓 노회한 태를 내는데, 윤 팀장은 여전히 표정 변화 없이 품속에서 봉투 하나를 꺼내 건넨다.

강 형이 덤덤한 체를 하며 봉투를 열고 그 안에서 한 다발의 지폐를 꺼내 세어보는데, 오만 원짜리 열 장이다.

오십만 원. 거금이다. 이제 겨우 이틀 차의 노숙자에 불과한 김강한에게도 굉장히 큰 액수로 다가오는. 그러나 정작 강 형의 표정은 대번에 시큰둥하게 바뀐다.

"에계! 이게 다야?"

윤 팀장의 표정이 가볍게 굳어진다.

"액수가 안 맞습니까?"

"아니, 액수는 맞는데… 이게 어떻게 계속 그대로냐고? 물가도 오르고 월급쟁이들 월급도 매년 오르는데, 일한 지 일 년이 넘었으면 이제쯤에는 내 수고비도 좀 올려줘야 하는 거 아니오? 더욱이 일은 갈수록 난이도가 높아져서 며칠씩 밤을 새우면서 코피 터져가며 일하는데……."

"그 문제라면 위에다 말씀드려 보겠습니다."

윤 팀장이 사뭇 의례적인 말과 함께 손을 내민다. 그런 그의 눈빛이 설핏 날카로워서 강 형이 더는 까탈을 부리지 못하고 휴대폰과 예의 그 작은 수첩을 건넨다.

윤 팀장이 잠깐 수첩을 훑어보고 난 다음에 휴대폰과 함께 자신의 양복 주머니에 넣는다. 그리고 다른 주머니에서 새로운 휴대폰과 수첩을 꺼내 다시 강 형에게 건넨다.

이번 그림에서도 또 뭐가 막 떠오르고 그러나?

새로 받은 휴대폰을 켜서 잠깐 확인해 보던 강 형이 문득 김강한을 향해 한쪽 눈을 찡긋하는데, 한번 훑어보겠느냐고 권하는 모양새다.

김강한으로서는 그럴 필요까지야 못 느끼지만 윤 팀장이 지켜보고 있는 마당에 강 형의 권유를 굳이 거부하는 모습을 보일 것까지는 없겠기에 슬쩍 강 형의 곁으로 붙어 선다.

윤 팀장의 미간이 설핏 좁혀지지만, 강 형은 오히려 보란 듯이 김강한에게 스마트폰의 화면을 처음부터 쭉 아래로 스크롤해 준다.

비슷하다. 처음에 과두문으로 된 문장이 있고, 그다음에 그림이, 그리고 다시 맨 아래로 한자로 된 문장들이 나오는 형식이 이전의 천락비결과 대동소이하다.

당연한 것이지만 글자는 전혀 모르겠다. 다만 새롭게 작업할 분량에도 한자로 된 부분이 포함되어 있다는 점에서는 앞선 천락비결의 한자 역시도 강 형이 과두문을 해석한 것은 아니라는 사실을 유추해 볼 수 있다.

그리고 짐작대로 아래쪽 부분의 한자가 위쪽 부분의 과두문을 해석해 놓은 것이라면 '한자를 한글로 번역하는 정도야 그리 어려운 일이 아닐 텐데 굳이 이런 번거로움을 감수하면서까지, 그것도 한낱 노숙자에게 그 번역을 맡길 이유는 없을 텐데?' 하는 의문이 새삼 생기기도 한다.

어쨌든 이번의 그림은 일단 야한 종류는 아니다. 여러 개의 얼굴을 그려놓은 그림이다.

각각의 얼굴에 선이 복잡하게 그어져 있다는 데서 무슨 관상 도감쯤인 것도 같다. 관상 보는 법을 설명하는 그림첩 같은 것 말이다.

'이번 그림에서도 또 뭐가 막 떠오르고 그러나?'

그의 눈치를 보고 있는 강 형에게서 그런 기대가 읽힌다. 그러나 이번에는 그런 게 없다. 앞서의 천락비결의 그림에서 받은 그런 '느낌' 같은 건 전혀 없다. 그저 그림일 뿐이다.

김강한이 가만히 고개를 가로저어 보인다. 그러자 강 형은 살짝 실망하는 기색이 되고 만다.

최소한의 자존심을 세울 만큼은

"이번 건 좀 어떤 것 같습니까?"

윤 팀장이 묻는 말에 강 형은 슬쩍 이마부터 찡그린다.

'사기 모드의 발동!'

김강한이 설핏 그런 생각을 해보는데, 강 형이 사뭇 무거운 투로 말을 받는다.

"글쎄요. 이번 건 딱 봐도 이전 것과는 많이 다른데? 우선 한자로 해독된 내용부터가 상당히 거칠어요. 한번 쭉 훑어봤는데도 벌써 오역 느낌이 물씬 나는 부분이 몇 군데나 보인단 말이지. 이거 영 쉽지가 않겠는데요?"

"오역이요? 그럴 리가요? 지금까지와 마찬가지로 국내외의 실력 있는 학자들과 전문가 그룹이 해독을 했고, 또 서로 크로스체크로 확인까지 거친 겁니다."

윤 팀장의 그 말에 대해서는 강 형이 곧바로 힐난조로 된다.

"어허, 또 그 소리! 무슨 학자니 전문가니 크로스체크가 어쩌고 하는 따위의 소리는 나한테 하지 말라니까! 아니, 그렇게 잘하는 사람들이 있는데 도대체 뭐 하러 나같이 하찮은 노숙자에게 이런 걸 자꾸 들고 와요?"

강 형의 기세에 윤 팀장이 슬쩍 숙이는 체를 한다.

"미안합니다. 제가 또 주제넘은 소리를 한 것 같군요."

강 형이 짐짓 스스로의 흥분을 추스르는 체 잠시 뜸을 들이다가는 불쑥 다시 말을 꺼낸다.

"그리고 느낌상으로 이게 아마도 마지막 분량쯤 되는 것 같은데, 그런 거요?"

윤 팀장이 설핏 당황하는 빛으로 받는다.

"글쎄요. 저로서는… 알 수가 없습니다."

"하긴, 이 일도 끝날 때가 되긴 했지. 그래서 말인데… 아까도 얘기했지만 이제라도 좀 제대로 값을 쳐서 받아야겠소."

"강 선생님, 오늘따라 왜 자꾸 이러십니까?"

윤 팀장이 사뭇 곤란하다는 표정으로 되는데, 강 형은 기세를 꺾지 않는다.

"이 작업이 아무나 할 수 없는 소위 전문 분야에 속한다는 건 두말할 필요가 없을 거요. 그런데 한 달 내내 달라붙어서 힘들게 작업한 대가가. 기껏 오십만 원이다? 어디 한번 물어봅시다. 방금 윤 팀장이 얘기한 그 학자들과 전문가 그룹한테도 그렇게 줍니까? 허허허! 내가 아무리 밑바닥의 노숙자 처지라지만 그래도 한때는 이 분야에서 누구 못지않게 전문가 소리를 듣던 사람으로서 이제 작업의 막바지도 됐고 하니 최소한의 자존심을 세울 만큼은 받아야겠다, 그런 얘기요."

윤 팀장이 잠시 이마를 찡그리고 있더니 다시 차분하게 묻는다.

"요구하시는 금액이 얼맙니까?"

"두 장!"

"이백을 말씀하시는 겁니까?"

강 형이 덤덤하게 고개를 끄덕인다.

"그동안 헐값에 일해준 걸 생각하면 한 오백쯤은 받아야 하는데, 중간에서 윤 팀장 입장이 곤란할 것 같아서 이백으로 낮춰 부른 거요. 그러니까 위에다 분명히 얘기하시오. 이백

안 주면 이 마지막 분량에 대해서는 내가 일을 안 하겠다고 하더라고."

윤 팀장이 이마를 펴지 않은 채로 무겁게 고개를 끄덕인다.

"알겠습니다. 돌아가는 대로 말씀하신 그대로 보고를 올리 겠습니다."

그러나 강 형이 다시 단호하게 고개를 가로젓는다.

"아니, 지금 이 자리에서 바로 답을 내주시오! 할 건지, 말 건지!"

윤 팀장이 잠시 차분하게 가라앉은 눈으로 강 형을 응시한 다. 그러더니 또 의외로 순순하게 고개를 끄덕인다.

"알겠습니다."

우리 언제 한번 만난 적이 있습니까?

조금 떨어진 곳으로 간 윤 팀장이 누군가와 나지막하게 통 화를 하고 있다.

통화는 길지 않다. 통화를 끝내고 돌아오는 윤 팀장의 얼굴 에 담담한 웃음기가 걸려 있다.

"승낙받았습니다! 이백!"

강 형이 환한 웃음을 굳이 참지 않는다.

"하하하! 좋소, 좋아!"

"그럼 저는 한 달 뒤에 다시 오도록 하겠습니다."

윤 팀장이 강 형에게 가볍게 고개를 숙여 보인다. 그런데 막 몸을 돌리려던 윤 팀장이 불쑥 김강한을 향해 묻는다.

"혹시 우리 언제 한번 만난 적이 있습니까?"

느닷없는 물음에 김강한이 당황스럽다. 그러나 다시 봐도 윤 팀장은 그가 오늘 처음 보는 사람이다.

"아니요."

짧지만 분명한 대답에 윤 팀장이 가볍게 고개를 갸웃했다가는 다시 끄덕인다.

"그렇군요. 그럼……."

돌아서서 걸어가는 윤 팀장의 뒷모습을 보면서 김강한은 슬며시 고개를 갸웃거려 본다. 그 역시도 처음부터 윤 팀장의 목소리가 귀에 익기는 한 때문이다.

별 거지 같은 회충들

윤 팀장의 모습이 지하통로의 끝으로 사라지자 강 형이 어퍼컷 세리머니를 한다.

'같이 좋아해야 하나?'

김강한이 머쓱한 김에 묻는다.

"윤 팀장이라는 사람, 뭐 하는 사람입니까? 어디 소속이에요?"

"나도 몰라."

강 형의 대답이 건성이다. 김강한이 짐짓 투덜거린다.

"거 참, 사람이 뭘 물으면 좀 성의 있게 대답하면 어디가 덧나기라도 합니까?"

"그냥 나한테 일거리 가져오고 또 가져가는 사람이라는 것 외에는 정말로 아는 게 없어. 지난 일 년간 저쪽에서도 일절 말이 없었고 나도 굳이 물어보지 않았거든. 어쨌거나 꼬박꼬박 돈만 잘 받으면 되는 거지, 그런 걸 굳이 알아야 할 필요는 없는 거 아냐?"

"쩝."

김강한이 쓴 입맛이 다시는데 강 형이 문득 인상을 잔뜩 쓴다.

"어, 어? 배 속에서 뭐가 막 꿈틀거리는데? 아이씨, 이거 회충 아냐? 이놈들이 배고프다고 막 꼬장 부리는 것 같은데? 근데 이눔의 시키들은 어디 기생할 데가 없어서 노숙자 배 속에다 자리를 잡냐? 별 거지 같은 회충들! 돈도 생겼는데 확 구충제나 사 먹어버릴까 보다!"

부자(富者) 공감

강 형은 구충제를 사지 않았다. 대신 거지 같은 회충들을 취하게 해서 제 발로 기어 나오도록 만들겠다며 김강한을 어느 돼지 껍데기집으로 데리고 갔다.

연탄 구이집인데 연탄 냄새에다 돼지 껍질 익는 냄새가 워낙 강해서인지 강 형을 거부한 적이 없다는, 그래서 강 형이 세상에서 가장 좋아하는 집이란다.

"자, 우리 자축하자고! 부자가 된 것에 대해!"

부자(富者)!

강 형의 그 말에 김강한은 순간 격한 공감 같은 걸 느껴본다. 지금 강 형의 수중에 있는 오십만 원, 또 곧 들어올 이백만 원. 비록 노숙자 처지에 거금이라고 할 만하지만, 그의 공감이 그런 금액의 가치로부터 비롯되는 건 물론 아니다.

지금 눈앞에서 지글거리며 익어가는 돼지 껍데기의 먹음직스러운 비주얼과 구수한 냄새, 테이블 위에 놓인 소주 두 병, 그리고 환하게 웃으며 떠들고 있는 강 형, 그런 것들이 주는 공감이다.

지금 이 순간에는 더 부러울 게 없는, 그야말로 세상을 다 가진 듯한 만족감. 그러면 부자 아닌가?

그러나 김강한은 다시 실소를 짓고 만다.

안빈낙도(安貧樂道)!

어디선가 얻어들은 그 말이 불쑥 생각나서이다. 물론 지금 상황에 갖다 대기에는 턱없는 말이지만. 어쨌든 그도 이렇게 노숙자 생활에 젖어들고 있는가 싶다.

가장 완벽하게 비밀을 지키는 방법

정말로 배 속의 회충을 취하게 만들 작정에서인지 술 마시는 속도가 좀 급하다 싶더니 강 형은 금세 취해 버리는 모양새다.

"아무래도 찜찜해. 예감이 영 좋지를 않아."

강 형이 뜬금없이 뱉는다.

"갑자기 뭔 소립니까?"

"윤 팀장 쪽 말이야. 이번 일이 끝나고 나면 나를 어떻게 할 것 같단 말이지. 이렇게!"

강 형이 손으로 목을 자르는 시늉에 김강한이 핀잔을 준다.

"에이, 분위기 좋았는데… 무슨 그런 재수 없는 얘기를 합니까?"

그렇더라도 무슨 얘긴지는 궁금해서 김강한이 다시 묻는다.

"근데 왜요? 그자들이 강 형을 왜요?"

"그야… 비밀을 지키려고 그러는 거지."

"강 형이 작업해 준 내용에 대해서 말입니까?"

"그렇지."

"아니, 그딴 게 무슨 비밀씩이나 된다고… 사람을 해치기까지 한다는 겁니까?"

"아냐. 김 형이 아직 세상을 잘 몰라서 그래. 세상에는 그딴 것에 불과한 아주 사소한 이유만으로도 엄청난 일을 저지르기도 하거든."

"……."

"저들이 한낱 노숙자인 나한테까지 와서 해석을 맡기는 의도가 뭐겠어? 단적으로 말해 작업을 비밀스럽게 하기를 원한다는 것 아니겠냐고. 아마도 원본의 과두문을 한문으로 번역하는 작업에서도 문장 단위로 해체하여 국내외의 전문가들에게 무작위로 배분했을 거야. 어느 누구도 전체 내용은 짐작하지 못하도록 말이지. 그리고 한문으로 해석된 내용을 다시 국문으로 해석하는 데도 분명 같은 방식이 시도됐을 거고. 나한테까지 오기 전에 말이야. 그러다 어떤 문제가 생겼겠지."

"문제요?"

김강한으로서야 함께 심각해질 마음까지는 없으니 그의 추임새는 반쯤 건성이다.

"응. 국문으로 해석된 내용을 다 모아놓고 보니 도무지 이해할 수 없는 내용이 나왔을 공산이 커. 문장 단위로 번역하는 것과 문건 전체를 해석하는 건 또 다른 차원이거든. 즉 문건 전체가 설파하고자 하는 요체를 파악하자면 번역 단계에서부터 일관된 관점으로 접근해야만 한다는 거지. 그렇다고 작업을 처음부터 다시 하기에는 또 무리가 따랐을 테고, 결국 궁여지책으로 한문을 국문으로 해석하는 단계에서부터라도 한 사람의 일관된 관점으로 해석을 해보자는 안을 냈겠지. 그게 바로 나인 거야. 그런데 왜 하필 나였을까?"

"......?"

"가장 완벽하게 비밀을 지키는 방법이 뭐겠어? 제거! 일개 노숙자의 흔적쯤 쥐도 새도 모르게 지워 버리는 건 그런 자들에게 조금도 어려운 일이 아닐 테지."

"그런 걸 다 짐작하면서도 결국 그 일을 시작해서 지금까지도 계속하고 있다는 겁니까?"

"그들이 이미 그런 작정으로 날 찾아왔는데 나 같은 처지가 뭘 어떻게 할 수 있겠어? 저들은 무슨 수를 써서라도 자신들의 목적을 이루려고 할 텐데 말이야. 후후후! 이미 질리도록 겪어봤고, 더 나빠질 것도 없잖아? 그래서 나도 나 나름대로 작정을 했지. 어차피 언제라도 죽을 각오가 된 마당이니 마지막으로 한 판 잘 놀고 가자고. 그렇게 시작된 거지."

그런 게 바로 사기꾼의 풍류(風流)라고 하는 것이지!

"지금이라도 다 관두고 우선 몸부터 피해야 하는 거 아닙니까?"

분위기가 너무 가라앉은 터라 김강한이 슬쩍 말을 돌린다. 그 말에는 강 형이 피식 웃으며 툭 던진다.

"김 형도 제대로 된 사기꾼은 못 되겠군."

"에이! 그건 또 뭔 소립니까?"

김강한이 또한 농으로 받는다.

"사기를 제대로 치려면 우선 배포가 있어야 되는 거거든. 그리고 큰 사기꾼은 먹을 걸 남겨놓고 가는 법이 없어. 먹을 수 있는 건 깨끗하게 다 먹고 난 다음에 바람처럼 유유히 사라지는 것, 그런 게 바로 사기꾼의 풍류(風流)라고 하는 것이지."

"사기꾼의 풍류요? 사기꾼한테도 그런 게 있습니까? 후훗!"

김강한이 이윽고는 실소를 흘리고 마는데, 강 형이 어깨를 으쓱해 보이며 다시 말을 잇는다.

"느낌이 안 좋긴 하지만 어쨌든 기왕에 키워놓은 판은 깔끔하게 먹어줘야겠지? 그리고 튀는 거야. 그 돈 이백만 원이면 우리 둘이서 한동안은 어디 멀리 가서 쨍박혀 지낼 수 있을 거야."

"저도 함께 말입니까?"

"그럼. 당연하지. 우린 동지잖아?"

그 말에는 김강한이 오래간만에 흔쾌하게 웃는다.

"하하하! 사기꾼이 동지는 무슨 동집니까, 공범이면 몰라도?"

강 형이 또한 짐짓 음험한 웃음소리로 받는다.

"흐흐흐! 좋아! 그럼 우리 이제부터 공범이다?"

김강한도 스멀스멀 음흉한 웃음이 나온다.

"흐흐흐흐!"

제7장
—
언젠가 생각이 나면

본인이 굳이 그렇게 하고 싶다는 데야

늦은 밤.

지하통로는 다시 적막과 여기저기에서의 가늘게 코 고는 소리가 주문(呪文)과도 같은 기괴한 변주(變奏)를 이뤄내고 있다.

오늘 밤은 거기에다 한 가지 소리가 더해지고 있다. 모로 누운 김강한의 심기를 자꾸만 거스르는 소리. 강 형의 잔기침 소리다. 지난밤에도 새벽 무렵에 잔기침을 좀 하긴 했지만 오늘은 많이 심한 편이다.

잠을 못 이루고 이리저리 뒤척이던 강 형이 안 되겠는지 몸을 일으켜 앉는다. 그러더니 돼지 껍데기집에서의 성찬(盛饌)을 끝내고 돌아올 때 편의점에서 챙겨 사 온 소주 한 병을 꺼내서는 그대로 병나발을 분다. 그리고는 대번에 반병쯤을 비우는가 싶더니 갑자기 사레라도 들린 듯이 심하게 기침을 해댄다.

"기침을 그렇게 해대면서 뭔 깡소주를 그렇게 마셔댑니까? 이제 그만 마셔요!"

김강한이 걱정을 담아 면박을 준다.

강 형이 겨우 숨을 돌리면서도 웃으며 고개를 가로젓는다.

"아녀. 이건 술이 아녀. 약이여, 약!"

"거 자꾸 되도 않는 소리 하지 말고요. 아무래도 기침이 좀 심상치 않아 보이는데, 내일은 병원에라도 같이 한번 가봅시다."

"어허, 병원은 무슨⋯⋯. 노숙자는 병원 가는 순간에 아주 훅 가버리는 거 몰러?"

"그게 뭔 얘깁니까?"

"노숙자 생활 몇 년쯤 하고 나서 몸이 병들지 않으면 이상한 겨. 나처럼 십 년 이상이면 곧 죽을병도 서너 가지쯤은 생기게 마련이고. 차라리 모르는 게 약이라는 말도 있잖아? 병을 안다고 해봤자 제대로 치료를 받을 수 있는 것도 아닌데 뭐 하러 사서 스트레스를 받아? 시한부이건 말건 그냥 모르는 체 살다가 시간이 다 되면 그냥 죽으면 되는 거지."

이어 강 형은 다시 소주병을 입으로 가져가선 벌컥거리며 기어코 한 병을 다 비운다. 그러더니 말릴 새도 없이 또 한 병의 마개를 딴다.

김강한이 강 형의 손에서 소주병을 빼앗으려다가는 그냥 둔다.

'본인이 굳이 그렇게 하고 싶다는 데야……'

그런 생각이 들어서다. 그런 중에 다시 반병쯤을 비운 강 형이 불쑥 소주병을 내민다.

"김. 형도 한 모금 할래?"

생각 없다고 하려다가 왠지 강 형의 눈빛이 슬퍼 보이기에 김강한이 소주병을 받아서 시늉 반으로 한 모금을 마신다. 역시 쓰다.

"커으!"

반사작용처럼 소리가 절로 나온다. 강 형이 피식 웃으며 소주병을 건네받아서는 다시 병나발이다.

김 형, 내 얘기 좀 그냥 들어만 주라.

"김 형, 내 얘기 좀… 들어볼래?"

강 형의 혀가 꼬이기 시작한다.

김강한은 수수롭게 고개를 끄덕여 준다. 귀찮고 성가시단 마음이 안 드는 건 아니지만, 아무래도 들어주어야 할 것 같아서이다. 누구나 그럴 때가 있는 법이다. 아무에게라도, 무슨 얘기라도 하고 싶은 그럴 때.

"나… 사실은… 얼마 버티지 못할 것 같아. 제기랄!"

"강 형이 점쟁이도 아니고 그걸 어떻게 압니까? 후훗! 점쟁이도 지 죽을 날은 모른다던데요?"

"아녀. 사람이 죽을 때가 되면… 저절로 알아지는 모양이야. 지금 느낌이 딱 그래."

강 형의 기색이 사뭇 비장하다. 김강한이 더는 뭐라고 받아줄 말이 없다. 그저 들어주는 수밖에.

"죽는 건 괜찮아. 어차피… 죽기만 기다리고 있는 중이니까. 그런데 말이야, 막상 죽음이 코앞에 다가왔다고 생각하니까… 갑자기 왜 이렇게 억울해지냐? 너무 억울해서… 이 가슴속에 맺힌 얘기를… 누군가에게라도 좀 털어놓아야… 그래야 죽어도 조금 덜 한스러울 것 같아. 그래서… 김 형, 내 얘기 좀 그냥 들어만 주라."

오늘은 맘껏 퍼마시고 그냥 죽을래!

강 형은 온종일 휴대폰을 손에서 놓지 않고 있다. 벌써 삼일째다.

잠도 거의 자지 않고 그 죽고 못 사는 소주도 일절 마시지 않고 마치 죽기 살기로 작업에만 집착하는 것 같다.

김강한이 괜스레 조심스러워서 감히 말도 걸지 못하고 그냥 조용히 주변을 맴돌면서 지켜볼 뿐이다.

나흘째 되는 밤.

강 형이 이윽고 휴대폰을 손에서 놓는다. 드디어 작업을 다 끝냈단다.

그러더니 강 형은 또 느닷없이 소주 파티를 하잔다. 지금 당장. 미치기 일보 직전이라고.

김강한을 앞세운 강 형은 제일 좋아한다던 돼지 껍데기집은 가지 않고 근처 편의점으로 간다. 그러곤 커다란 비닐봉지에다 소주를 손에 잡히는 대로 주워 담는다.

"뭔 소주를 이렇게나 많이 사요?"

"오늘 원 없이 한번 마셔보려고."

"이기지도 못하면서… 제발 적당히 좀 마셔요!"

"아냐. 오늘은 맘껏 퍼마시고 그냥 죽을래!"

"에이, 참! 강 형은 뭔 말을 해도 꼭 그렇게 합니까?"

김강한이 비닐봉지에서 다섯 병쯤을 덜어내지만, 강 형은 고집을 부리며 기어코 두 병을 다시 담는다.

내가 할 수 있는 유일한, 그리고 최선의 복수

지하통로로 돌아온 두 사람은 종이 널빤지 위에다 간단히 술상을 차린다. 강 형은 며칠 굶은 티를 내듯이 병나발로 소주 한 병을 후딱 비우고 나서야 말문을 연다.

"말했지만 처음에는 그냥 적당히 흉내나 내려고 했지. 내 실력으로는 역부족이기도 하고. 그런데 어쨌든 작업을 하다가 보니 이게 또 그렇지를 않더라고? 나도 모르게 내용에 빠져들게 되더란 말이지. 나중에는 하루 종일 그 내용이 머릿속에서 계속 맴도는 거야."

작업에 대한 얘기는 김강한으로서야 그냥 듣고 있을 수밖에 없다.

"그렇지만 여전히 잘 모르겠어. 한자로 해석된 내용을 각각의 문장 단위로 보면 아주 심오하기도 하고 혹은 심미적이기도 해. 근데 전체적인 내용으로 보자면 이게 또 이렇다 할 연결 고리가 없어. 그냥 뜬구름 잡는 얘기들을 중구난방으로 나열해 놓은 것 같다고 할까? 결론적으로 도통 뭔 얘긴지를 모르겠다는 거야. 그러나 저들이 만만치 않아 보이는 돈과 노력을 들이고 또 특별히 비밀 유지까지 신경을 쓰는 걸 보면 분명 뭐가 있기는 있다는 것 아니겠어? 그런 점에서는 내 노력의 결과를 헐값에 고스란히 넘겨주긴 또 싫어지더라고. 실력도 안 되는 주제에 딱히 제대로 한 것도 없으면서 말이야. 웃기지 않아? 흐흐흐!"

강 형이 새 소주병의 뚜껑을 따서는 역시나 병나발로 벌컥벌컥 반병쯤이나 들이켜고는 다시 말을 잇는다.

"하여튼 뭐, 그래서… 핵심이 되는 부분을 조금씩 빠뜨리고 또 미묘한 부분에서는 슬쩍슬쩍 왜곡시켰지. 저들이 다른 전문가를 통해 크로스체크를 하더라도 내용이 아주 미묘하게 달라질 뿐이니 어느 쪽이 잘못된 것인지 판단할 수 없을 정도로 말이야. 흐흐흐! 이건 나의 복수이기도 해. 저들이 날 이렇게 망가뜨린 직접적인 원흉은 아닐지라도, 어쨌든 이제 다시금 나를 멋대로 주무르고 또 실컷 이용하고 난 다음엔 아마도 입을 막아버리려고 할 것이란 점에서 결국 똑같은 부류의 놈들일 뿐이야. 그런 놈들에게 내가 할 수 있는 유일한, 그리고 최선의 복수!"

혹시 알아? 정말로 제법 그럴듯한 작품이 나올지?

"김 형이 그랬잖아?"

강 형이 불쑥 묻는다.

"예? 뭘요?"

"천락비결의 그림에서 뭔가가 막 떠오르더라고."

"아, 그거야 뭐… 그냥 어쩌다가……."

"아냐. 사실은 나도 얼마 전부터 이 문건들의 진짜 핵심은 바로 그림에 있을 거라는 나름의 결론을 내리고 있는 중이었어. 문장들은 다만 그것을 보조적으로 설명하는 것일 거라고. 그런데 나는 아무리 뚫어져라 그림을 들여다봐도 도통 잡히는 게 없더라고. 근데 김 형이 그림을 보고 뭔가 느낌이 왔다고 했을 때, 속으로는 소름이 확 돋는 것 같았지."

그러더니 강 형은 문득 자신의 바지 밑단을 뒤진다. 그리고 거기에 주머니 같은 거라도 있는 모양으로 뭔가를 꺼내 김강한에게 건넨다. 뜻밖에도 그것은 USB다.

"이게 뭡니까?"

"그동안 내가 받은 문건의 전체 내용에다 내가 해석한 내용을 추가해 놓은 파일이야. 이번에 받은 내용까지 포함해서 지금까지 한 것 전부 다. 즉 천공행결(天空行訣)과 천락비결(天樂秘訣), 그리고 천환묘결(天幻妙訣)까지 전부를 사진 파일로 만들어서 저장해 두었어."

"그런데 이걸 왜 저한테……?"

"그냥… 혹시 나중에 시간 되거든 김 형이 그림 보고 느낀 것하고 한번 합쳐보라고."

"예?"

"아, 물론 괜한 짓인 줄은 나도 알아. 그렇지만 혹시 알아? 정말로 제법 그럴듯한 작품이 나올지?"

김강한이 설핏 혼란스럽다.

'그런 쓸데없는 짓을 왜 합니까?'라고 해야 하나, 아님 USB까지 준비한 성의를 생각해서라도 '일단 알겠습니다'라고 해야 하나? 김강한이 쉽게 대꾸를 하지 못하는데, 강 형이 짐짓 묘한 소리로 웃으며 말한다.

"흐흐흐! 재미있을 것 같잖아? 어차피 펑펑 남아도는 시간도 죽여야 할 거고 말이야."

그러는 데야 김강한이,

"그러죠, 뭐."

하고 일단은 건성으로라도 대답해 준다.

나중에 나 죽고 나서야 어떻게 되든지 간에

"난… 죽으면 말이야… 흙에 묻히고 싶어."

강 형의 혀가 꼬이기 시작한 것은 벌써 한참 전부터다.

"후훗! 참 꿈도 야무지셔."

김강한 역시 취기는 없더라도 말에 격식이 없어진다.

"흐흐흐! 그렇지? 우리같이 연고도 없는 노숙자가 죽으면…
그냥 무연고 시신으로 화장해서… 대충 아무 데나 뿌려져. 죽
어서도… 쓰레기처럼 취급을 당하는 거지. 음, 근데… 바보 같
은 소린 건 아는데… 난 불에 태워지는 건… 정말 무서워."

"참, 별게 다 무섭소. 죽으면 그걸로 끝인 거지, 혼도 없
는 몸뚱이가 불에 타건 흙에 묻혀 썩건 그게 뭔 상관이라
고……."

"난 그랬어. 어릴 때부터. 내 몸이 불에 타들어 간다는 생
각만 하면… 무서워서 잠을 못 자곤 했어. 그러니까… 나 죽
으면… 김 형이… 흙에다 좀 묻어주면 안 될까? 어디라도 괜
찮아. 그냥 흙이면 돼."

"참 나, 죽은 사람을 무슨 나무토막 파묻듯이 아무 데다 가져다 막 파묻을 수 있는 것도 아닐 테고, 내가 무슨 수로요?"

"어렵겠지? 나도 알아. 그렇지만… 나중에 나 죽고 나서야 어떻게 되든지 간에 우선 지금은… 그렇게 해주겠다고 말만이라도 좀 해주면 안 될까?"

강 형이 그렇게까지 말하는 데야 김강한도 마음이 약해지지 않을 수 없다. 며칠 전 밤중에 그날도 술에 취한 강 형에게 들은 얘기 때문도 있을 것이다. 그가 지금의 노숙자 처지로까지 몰락하게 된 안타까운 사정에 대한.

"정 그렇다면야 뭐, 알았어요. 그렇게 해드릴게. 됐죠?"

김강한의 그 말, 지킬 수 없는, 아니, 지키지 않아도 될 약속을 듣고 나서야 강 형은 환하게 웃음을 짓는다.

"웅. 이제 안 무섭네. 고마워."

천락비결(天樂秘訣) 2

강 형은 이윽고 곯아떨어졌고, 김강한도 그 곁에 몸을 뉜다.

그런데 도무지 잠이 올 것 같지가 않다. 소주를 한 병도 채 마시지 않아 별로 취하지 않은 것도 있지만 오히려 정신이 말똥말똥해진다. 이어서는 마음이 허전해진다. 온통 적막에 잠긴 지하통로 안의 모두가 죽은 중에 오로지 그 혼자만 살아 있는 것 같다.

허전함에 뒤이어 찾아올 것이 견디기 힘든 우울감이라는 것을 익숙한 경험으로 알기에 김강한은 강 형에게서 받은 USB를 꺼내 휴대폰에 꽂는다. 다른 데로 신경을 돌려보려는 심산이다.

맨 처음은 천락비결이다. 우선 나오는 올챙이 형상의 과두문은 그냥 패스. 뒤이어 나오는 그림들은 괜스레 마음이 싱숭생숭해질까 봐 패스. 그다음의 한자들은 역시나 몰라서 패스. 그리고 그다음에 한글이 나오기 시작한다. 강 형이 자신이 해석한 내용들을 추가해 놓았다고 하는 부분일 것이다.

그러나 잠시 훑어보던 김강한은 이내 쓴웃음을 짓고 만다. 한글이니 읽을 수야 있지만, 도대체가 무슨 소린지 도통 알아먹을 수가 없다.

[…진기](眞氣)… 도인(導引)… 운기(運氣)… 주천(周天)……]

그런데 그때다. 그가 건성으로 내용을 읽어나가는 중인데, 한순간 그의 머릿속으로 불쑥불쑥 떠오르는 것들이 있다. 그림이다. 천락비결 원본상의 그 야한 그림들. 그가 굳이 스크롤을 올려 그림을 찾아보지도 않았는데 말이다.

이어 그가 일전에 이미 경험한 것처럼 머릿속 그림에서 선들이 살아 움직이기 시작하는데, 문득 새롭다는 것은 선들의 움직임에 더하여 어떤 의미들이, 혹은 이해들이 생겨나는 것만 같다는 것이다. 아니, 그것들은 정말로 생겨나고 있다.

그러더니 머릿속 그림들은 이내 또 새로운 형태의 변화를 보이기 시작한다. 이번에는 선이 아니다. 공간이고 입체다. 그림 속의 남과 여가 돌연히 입체화가 되더니 곧바로 격렬하게 뒤엉키고 있다.

민망하다. 얼굴이 화끈거린다. 온몸이 대번에 뜨거운 열기로 휩싸인다. 이윽고는 그의 몸의 한 부분으로 강력한 힘이 집중되기에 김강한은 다급하게 외치고 만다.

"그만!"

순간 머릿속의 그림들이, 그림 속의 남녀가 움직임을 멈추며 슬그머니 사라진다. 그리고 사뭇 격렬하던 그 스스로의 충동과 열기도 가만히 가라앉는다.

"휴우!"

그는 가만히 안도의 한숨을 불어 내쉬고 나서야 얼른 주변을 돌아본다. 다행히 사방은 여전히 적막 속에 잠겨 있다.

강력 수면제

잠깐이지만 사뭇 격렬했던 격정 때문일까? 김강한은 문득 지친 느낌이다.

그러나 USB에 담긴 내용에 대해서는 기왕에 시작한 것이니 이참에 다 봐버리자는 생각이 든다. 이번으로 이 황당한 짓거리는 끝내 버리자는 생각과 함께.

김강한이 다시 스크롤을 내리는데, 이어지는 내용은 천공행결이다. 그로서는 처음 보는 내용인데, 강 형에게 듣기로는 천락비결 이전에 작업한 내용이라고 했다.

그러나 강 형이 한글로 해석해 놓은 내용을 읽어도 역시나 무슨 소린지 전혀 모르겠고, 도통 짐작도 되지 않는 그냥 뜬구름 잡는 얘기일 뿐이다. 그림 역시도 그저 그림일 뿐이다. 뭔가 떠오르는 건 전혀 없다.

그다음은 천환묘결이다. 며칠 전 윤 팀장이 가져왔을 때 강 형이 한번 보라고 해서 가볍게 훑어본 그 내용이다. 그러나 이것 역시도 천공행결과 다를 것이 없어서 전혀 뜻 모를 얘기들의 나열일 뿐이고 그림 또한 그저 그림일 뿐이다.

전혀 이해되지 않는 글을 읽는다는 것은 때로 강력 수면제와 같은 역할을 하는 모양이다.

잠이 쏟아지기 시작한다. 그리고 그는 어느 사이엔가 잠 속으로 빠져들고 만다.

천공행결(天空行訣), 그리고 천환묘결(天幻妙訣)

얼굴 하나가 갑자기 나타나더니 그의 얼굴 위로 겹친다. 얼굴이 간지럽다. 그러더니 그의 얼굴이 갑자기 제멋대로 변하기 시작한다.

그는 마치 물고기처럼 매끄럽게 움직인다. 무슨 댄스를 추는 것처럼 현란하게 스텝도 밟는다. 그러더니 그의 몸이 갑자기 공중으로 붕 떠오른다. 그는 허공을 날고 있다. 절벽 끝을 차고 나간다. 그러나 그는 더 이상 날지 못하고 추락하기 시작한다. 까마득한 아래로 시커먼 땅이 보인다.

"으아아악!"

비명을 지르며 김강한은 벌떡 소스라쳐 일어난다.

꿈이다. 그는 이마의 식은땀을 훔치며 실소한다. 꿈치고는 유치하지 않은가? 오줌싸개 어린애들이나 꿀 법한 그런 꿈이니 말이다.

그런데 그때다. 그의 머릿속에서 뭔가가 슬금슬금 재생되고 있다.

방금 꿈꾼 기억이다. 얼굴이다. 아니, 하나가 아니다. 얼굴은 여러 개의 얼굴로 변해간다. 천환묘결의 그림에 나오는 얼굴들이다.

그러더니 얼굴 속에서 다시 복잡하게 그어진 선들이 나타난다. 이어 선들이 꿈틀대며 살아나서 움직이기 시작한다.

'이거 또 왜 이러는 거야?'

머릿속의 재생이 계속되고 있다. 이번에는 천공행결 편이다. 사람의 전신 그림들이 나타나고, 다시 선들이 나타나고, 또 마찬가지로 선들이 살아 움직이며 춤춘다.

"미치겠네!"

절로 뱉어지는 소리다. 그러나 처음 겪는 일도 아닌데 새삼 미칠 것까진 없을 일이다. 다만 견디기 어려운 노릇은 그의 머릿속에 황당한 내용이 자꾸만 들어차고 있다는 것이다.

[…역용(易容)… 보법(步法)… 경신(輕身)… 경공(輕功)……]

"그만!"
그는 이번에도 비명처럼 외치고 만다. 머릿속의 그림들이 움직임을 멈춘다. 그러곤 슬그머니 사라진다.
그는 기진맥진이다. 며칠간 밤새워 시험공부라도 한 것만 같다. 시간은 새벽 2시다.
다시 잠이 쏟아진다. 이내 그는 정신없이 곯아떨어지고 만다.

참 대책 없는 양반

"콜록콜록!"
연이어 들리는 강 형의 잔기침 소리에 김강한은 설핏 잠에서 깬다.
휴대폰의 시계는 새벽 3시다. 겨우 한 시간 잤을 뿐이다. 강 형의 기침 소리가 점점 격렬해진다.
"니미랄! 오늘따라 기침이 아주 지랄 맞네?"
김강한이 부스스 몸을 일으키는 걸 보고 강 형이 힘없이 투덜거린다. 그러더니 돌연히 애꿎은 타박이다.

"거봐, 김 형! 술이 모자라잖아!"

잠에서 깨자마자 먼저 소주를 찾은 모양이고, 남은 게 없자 어젯밤 편의점에서 김강한이 결과적으로 소주 세 병을 덜어 낸 것에 대한 불만을 말하는 것이리라.

"기침을 그렇게 해대면서도 눈 뜨자마자 또 소주부터 찾습니까? 그러다 정말 큰일 납니다."

"아녀! 나한텐 소주가 약이라니까? 소주 한 병이면 이까짓 기침, 대번에 낫게 돼 있어! 에이, 안 되겠다! 내 퍼뜩 가서 소주 좀 사 올게!"

강 형이 기어코 몸을 일으킨다. 그러나 그는 곧바로 다리가 풀린 듯 휘청하더니 풀썩 바닥으로 주저앉고 만다.

"아이고! 이거 정말로 다 된 모양이네! 다리에 힘이 안 들어가! 그러게 소주가 있어야 한다니까!"

와중에도 소주 타령인 강 형을 바닥에 눕도록 해준 다음 김강한이 짐짓 투덜거리며 일어선다.

"하여간 참 대책 없는 양반이라니까. 에이, 나도 이젠 모르겠습니다! 그렇게 소주가 절박하다면 내가 갔다 오지요!"

"하하하! 고맙네, 고마워! 그래도 김 형밖에 없다니까!"

강 형이 손뼉이라도 칠 듯이 좋아하며 만 원짜리 한 장을 챙겨 준다.

연민

김강한은 사실 짜증스럽다.

참, 어쩔 수 없는 인생 아닌가? 강 형 말이다.

이제쯤에는 원대로 퍼마시고 죽든지 말든지 알아서 하라고 제쳐 버리고 싶은 생각도 든다. 그 스스로의 인생도 힘겹고 버거운 처지에 다른 사람 인생까지 걱정해 줄 여유가 없기도 하고 말이다.

그러나 막상 그렇게 하지 못하는 것은 공연히 가슴 한구석이 저릿해 오는 동병상련의 연민 때문일 것이다. 어쩌면 그보다 더욱 깊은 절망의 나락에 빠져 있는 사람에 대한.

24시 편의점에서 김강한은 소주 두 병을 산다. 기왕에 마시는 술, 강 형 혼자 마시게 하는 것보단 옆에서 술친구라도 해 줄 요량이다.

새벽의 죽음

김강한이 지하통로로 돌아왔는데 강 형은 바닥에 엎드려 있다.

그새 잠이 들었나 하다가 김강한은 문득 느낌이 싸해진다.

"강 형, 일어나 봐요! 소주 사 왔어요!"

가만히 어깨를 흔드는데 아무런 반응이 없다.

순간 섬뜩하다.

"강 형! 왜 이래요, 강 형?"

어깨를 세게 잡아 흔들자 강 형의 몸이 맥없이 흐느적거린다.

코밑에 손가락을 대본다.

전혀 호흡의 기운이 없다.

더 이상 무모할 수 없는 결정

김강한은 그냥 떠나기로 한다. 강 형의 시체 옆에서 얼쩡거
리다간 해명하기 어려운 복잡한 상황에 얽힐 게 뻔하다.

강 형은 좋은 사람이고 고마운 사람이다. 그런 사람이었다.
그러나 이제는 죽은 사람이다. 영혼이 떠난 육신에 곧 썩어들
고깃덩어리 이상의 또 무슨 의미가 있을 것인가?

김강한은 서둘러 몸을 일으킨다.

그런데 그때다. 그의 머릿속에서 일단의 편린이 생겨나며
무겁게 그의 다리를 붙잡는다.

"나 죽으면 김 형이 흙에다 좀 묻어주면 안 될까? 어디라도 괜
찮아. 그냥 흙이면 돼."

"참 나, 내가 무슨 수로요?"

"어렵겠지? 나도 알아. 그렇지만 나중에 나 죽고 나서야 어떻
게 되든지 간에 우선 지금은 그렇게 해주겠다고 말만이라도 좀

해주면 안 될까?"

"정 그렇다면야 뭐, 알았어요. 그렇게 해드릴게. 됐죠?"

"응. 이제 안 무섭네. 고마워."

어젯밤 강 형과 주고받은 말이다.

설마 강 형은 이리 될 줄 미리 예견한 것인가? 새삼 가슴이 미어진다.

그러나 이제 곧 사람들이 깰 텐데, 그 전에 이곳을 떠나는 게 현명한 노릇이다. 김강한은 억지로 발걸ㅋ음을 옮긴다.

그러나 그는 이내 다시 멈추고 만다. 자꾸만 미련이 생겨서 이다. 어리석은 미련인 줄은 알지만 그 미련이 종국에는 가슴 아픈 후회로 될 것을 알기 때문이다.

'제기랄! 모르겠다. 하는 데까지 한번 해보자. 강 형 말대로 어차피 꼬일 대로 꼬인 인생인데 여기서 한 번 더 잘못돼 봐야 얼마나 더 잘못되겠어? 어떤 결과로 이어진다고 해도 감수 하고 감당하면 그만이다. 내 마음이 편하면 그만이다.'

그는 결국 무모한, 더 이상 무모할 수 없는 결정을 하고야 만다.

돌이켜 보면 그의 지난 삶에서 죽음보다 더 고통스럽던 그 일이 있고 난 뒤 지난 몇 년간을 그는 내내 그렇게 살아왔다. 그냥 내키는 대로. 차마 스스로의 목숨을 끊을 수는 없어서, 차라리 어리석음과 무모함과 위험함의 대가로라도 죽어버렸으면 좋겠다는 심정으로.

더 이상은 무리다!

김강한은 지하통로 입구의 계단 아래쪽 구석진 공간에서 강 형의 캐리어를 꺼낸다. 그리고 캐리어 안에 든 잡다한 물건을 모두 비운 다음 강 형의 시신을 캐리어 안으로 밀어 넣는다.

그 일은 생각보다 수월하다. 캐리어의 내부 공간이 크기도 하지만, 강 형이 사십 킬로그램을 겨우 넘길 것 같은 깡마른 체형이기 때문이다.

드르르륵!

캐리어의 바퀴 구르는 소리가 지하통로의 적막 속에서 유난히도 선명하다.

지하통로 바깥은 아직 어둑한 중에 인적이 없다. 도로변의 가로등만이 희뿌연 빛으로 깨어 있을 뿐이다.

새벽 3시 30분.

아직은 새벽이라기엔 이른 시각이다. 그러나 이제 곧 4시를 넘기면서부터는 거리 곳곳이 깨어나기 시작할 것이다. 서둘러야 한다. 김강한은 캐리어를 끌고 걸음을 재촉한다.

어디로 갈 건지는 이미 정했다. 급식소 근처에 있는 그 자그마한 산이다. 지난 며칠간 강 형과 함께 매일같이 들러서 시간을 죽이던 곳. 강 형에게는 더욱 익숙한 곳이리라.

급식소 인근의 도로를 건너 이윽고 산으로 올라가는 계단 앞이다. 김강한이 여기까지 오는 것만으로도 이미 지쳤는데, 이제 캐리어를 들고 계단을 올라가야 할 판이다. 시간은 벌써 4시가 넘었다. 부지런한 새벽 등산객들과 마주치기 전에 서둘러 일을 처리해야만 한다.

김강한은 캐리어를 힘껏 들어 올려서 가슴에 안는다. 그런데 그것만으로도 다리가 후들거린다. 캐리어를 끌고 올 때는 몰랐는데 사오십 킬로그램의 무게가 결코 가벼운 것이 아니란 사실을 이제야 실감하게 된다.

이를 악물고 계단 하나를 올라서는데 신음 소리가 절로 새어 나온다.

"끙!"

곧장 다리에 힘이 풀리는 것만 같다. 위를 보니 계단의 끝이 까마득하게 보인다. 이렇게나 높았는가 싶다.

온 힘을 다해 열 계단쯤을 오르고 나자 온몸에 땀이 비 오듯하고 숨은 턱밑까지 차오른다. 그야말로 기진맥진이다. 겨우 고개를 들어 위쪽을 보니 아직도 수십 계단이나 더 남았다.

'아아, 안 되겠다! 더 이상은 무리다!'

보결(步訣)

더는 한 계단도 올라가지 못하고, 그렇다고 금세라도 주저앉을 듯이 후들거리는 다리로 내려가지도 못하는, 그야말로 진퇴양난의 처지에서 문득 김강한의 뇌리로 떠오르는 것이 있다.

천공행결, 바로 그것이다. 그리고 다시 그중의 보결(步訣), 이를테면 걷는 방법에 대한. 하여튼 그런 이상한 내용이다.

'이 와중에 이딴 게 다 생각이 나냐?'

뒤늦은 투덜거림이 생기지만, 그러면서도 김강한은 저도 모르게 보결을 되새기고 있다. 그런데 다시 한순간,

'이건 또 뭔가?'

일단의 청량한 기운이 그의 몸 안으로 유입되고 있다. 그러더니 그 청량한 기운은 그의 내부에다 그림을 그린다. 바로 천공행결의 그림이다. 기운이 그리는 그림의 결이, 그 흐름이 마치 그에게 '이렇게 걸어보라' 하고 말하는 듯하다. 힘들어 죽을 것 같은 중에, 또 마음마저 급한 중에 이상하고 말고를 재고 있을 여지는 없다. 김강한은 그림의 결과 기운의 흐름이 시키는 대로 한 발을 내딛는다.

그런데 그 순간이다. 하체 근육에 불끈 힘이 솟아나는 듯하더니 한 걸음이 성큼 떼어진다. 그림의 결과 기운의 흐름이 다시 말하는 듯하다.

'자, 이제는 연속적으로 이렇게, 그리고 또 이렇게……'

물론 그것은 말이 아니다. 말로는 표현하기 어려우리라. 다만 뜻이고 의미이다. 와중에도 이상한 것은 그 이상하기 짝이

없는 뜻과 의미가 별로 어려움 없이 이해가 된다는 점이다.

성큼성큼 걸음이 걸어진다. 힘이 훨씬 덜 든다.

힘이 세졌다고 할까, 아니면 걷는 데 대해 전에 없던 어떤 특별한 요령이 생겼다고 할까?

다만 요령이라면 그 요령을 이해는 했으되 익숙하지는 않다. 자전거를 타는 데 있어서 어떻게 균형을 잡아야 하는지에 대해 충분히 이해를 하고 있다고 해서 당장에 자전거를 능숙하게 탈 수 있는 건 아니듯이.

어쨌거나 김강한은 그 수십 개의 계단을 마침내 다 올라섰다.

그 외엔 누구도 알지 못하리라!

지난 며칠간 강 형과 올 때는 그저 건성으로만 봐서 몰랐더니 팔각정 뒤쪽으로 골짜기가 형성되어 있다.

그냥 야트막한 골짜기이지만 아마도 옛날에는 맑은 물이 흘렀음 직도 해 보이는 그 작은 계곡 양쪽으로 산등성이가 이루어져 있고, 제법 빽빽하게 자라 있는 나무들 사이로 오솔길 같은 등산로도 언뜻 보인다.

멀리 동쪽 하늘 끝에서 희미하게 밝은 기운이 올라오고 있다. 서둘러야 한다.

계곡의 왼쪽 등성이로 난 작은 갈래 등산로를 따라 올라가다 보니 완만한 비탈 아래쪽으로 성글게 일구어진 텃밭이 하나 있다.

김강한은 곧장 비탈을 내려가 텃밭으로 들어선다. 텃밭 한 구석에 나무판자로 엉성하게 만들어놓은 간이 농막 밖으로 삐죽이 불거져 나와 있는 삽자루를 보고서다.

삽을 꺼내 들고 보니 텃밭의 경계 너머 이십여 미터쯤 되는 지점에 사람 키 높이의 잡림 속으로 커다란 바위 두 개의 형체가 보인다.

김강한은 거기로 결정한다. 더 이상 지체할 시간도 없거니와 등산로를 한참 벗어난 데다 잡림으로 가려져 있어 사람들의 눈에 쉽게 띌 염려도 덜 수 있으니 그런대로 적지라고 할 것이다.

잡림 속. 커다란 바위 두 개가 맞대어져 있다. 그리고 바위 두 개가 맞대어진 아래쪽으로 형성된 공간은 한 사람이 쪼그려 앉아 비를 피할 만한 정도가 된다.

김강한은 캐리어를 내려놓고 서둘러 바위 아래의 땅을 파기 시작한다. 땅은 잔돌이 없고 흙이 촉촉할 정도로 적당히 부드러워서 삽질을 하기에 크게 어렵지 않다. 김강한은 폭이나 길이보다는 깊이 위주로 판다.

정신없이 삽질을 한 끝에 이윽고 허리 높이보다 깊은 구덩이가 파졌을 때는 사방이 훤하게 밝아진 뒤다.

캐리어에서 조심스럽게 강 형의 시신을 꺼내 구덩이에 밀어 넣고 보니 새우처럼 잔뜩 웅크린 자세가 된다. 그러나 더는 어쩔 수가 없다.

그대로 흙을 덮으려다가 문득 생각이 나기에 김강한이 강 형의 주머니를 뒤진다. 스마트폰과 작은 수첩, 그리고 만 원짜리와 오만 원짜리를 따로 구분하여 꼬깃꼬깃 뭉쳐놓은 두 개의 지폐 뭉치가 나온다.

급하게 흙을 덮고 보니 봉분 없는 평장(平葬)의 무덤이 완성된다. 초라하다. 여기에 강 형이 묻혔다는 건 그 외엔 누구도 알지 못하리라.

김강한은 주변의 잔돌을 모아서 무덤 위와 주변에 가지런히 늘어놓는다. 표식이라도 될까 하는 심정에서이다.

언젠가 생각이 나면

등산로 입구 쪽에서 라디오 소리가 들린다. 등산객이리라.

김강한은 얼른 바위 아래로 몸을 숨기며 웅크린다. 그러고 보니 강 형의 무덤 위에 쪼그리고 앉은 셈이다.

'미안합니다, 강 형. 이렇게밖에는 해줄 수가 없어서.'

그러나 그로서는 최선을 다했으니만큼 강 형도 이해해 주리라 믿는다. 영혼이 있다면.

라디오 소리가 위쪽으로 멀어져 간다.

김강한은 다시 주변의 마른 나뭇잎을 긁어모아서 무덤 주변의 흙을 판 흔적을 대충 가린다.

그리고 떠나기 전 마지막으로 강 형을 추모한다.

"강 형, 여기서 쉬세요. 좁고 답답하더라도 그쯤은 좀 참으시고 등산하는 사람들 구경도 하면서 그렇게 지내세요. 약속은 못 하겠지만 언젠가 생각이 나면 소주 한 병 사 들고 찾아오겠습니다. 그럼 안녕히……."

제8장
—
단(丹)

산으로

 빈 캐리어를 팔각정 기둥 옆에다 버려두고 김강한은 다시 계단을 내려간다.

 벌써 아래쪽 도로를 달리는 차들이 드물지 않다. 비록 도심 속의 작은 동산에 불과하지만 그래도 산을 벗어나 도시로 돌아가는 한 걸음 한 걸음이 답답하다.

 그는 이윽고 도시로 내려선다. 이제 어디로 가야 하나 싶다. 갈 곳이 없다. 갑자기 호흡이 가빠진다. 마치 물 밖으로 나온 물고기처럼 숨이 턱턱 막혀온다. 그런 중인데 도로 건너

편의 빌딩 하나가 마침 시선에 들어온다. 창마다 환하게 밝혀진 불빛이 마치 탈출구 같아서일까?

대형마트다. 이렇게 이른 시간에 영업 중인가 싶지만, 김강한은 뛰듯이 도로를 건너 마트로 들어선다.

손님은 거의 없지만 종업원들이 있는 걸로 보아 영업 중인 것은 맞다. 24시간 영업점인지, 아니면 무슨 특별한 행사 기간인지 설핏 궁금하지만 굳이 물어볼 건 또 아니다. 매장 입구에서 카트 하나를 빼낸 그는 곧장 쇼핑에 들어간다.

등산화, 커다란 배낭, 미니 버너, 간단한 코펠 세트, 가스연료 다섯 통, 생수 2리터짜리 두 통, 라면과 즉석밥 외 식료품, 그리고 담요 등등 생각나는 대로, 눈에 띄는 대로 카트에 싣는다.

계산은 강 형의 주머니에서 꺼낸 돈으로 한다. 그리고 그 자리에서 배낭에다 차곡차곡 물건을 집어넣고는 마트를 나와 곧장 택시를 탄다.

김강한은 산으로 갈 생각이다. 도심의 동산이 아니라 아예 도시 외곽으로 빠져나가서 진짜 산으로.

깊은 산속으로 들어가면, 도망쳐 들어가면 이 숨 막힐 듯한 답답함도 조금은 나아지리라.

이대로 죽은 듯이 자고 싶다!

제법 단단한 등산 차림의 김강한이 근처에서 제일 높은 산으로 가달라고 했더니 택시 기사는 별말 없이 내달리는 중이다.

도심을 빠져나가는 것만으로도 답답함이 덜해지는 것 같은데, 한참을 달린 끝에 택시는 어느 등산로의 초입에다 그를 내려준다. 널찍한 데다 평탄하게 잘 가꾸어진 등산로에는 벌써부터 등산객들의 모습이 제법 있다.

김강한이 등산객들과 섞여 산을 올라가다가는 중턱에 못미쳐서 슬쩍 등산로를 벗어난다. 그러고는 일부러 길도 없는 험한 비탈면을 비스듬히 타고 오른다. 처음 와보는 산에서 길을 잃고 헤매기 십상이겠으나, 그런 건 어차피 상관이 없다. 오로지 최대한 깊숙한 곳으로, 인적이 없는 곳으로 들어가려는 생각뿐이다.

비탈의 경사가 점점 더 가팔라진다. 잡림이 우거진 중에 중간중간 높다랗게 치솟은 암벽들이 마치 절벽처럼 길을 가로막곤 한다. 그렇게 얼마쯤이나 더 깊숙이 치고 들어갔을까? 또다시 앞을 가로막는 거대한 암벽 앞에서 김강한은 이윽고 멈춰 선다.

예각(銳角)으로 치솟은 암벽이 지붕처럼 하늘을 가리고 있다. 혹시 산 정상 쪽에서 누가 내려다보더라도 눈에 띌 염려는 없겠다 싶다. 그리고 암벽 사이에는 사람 하나는 너끈히 들어앉을 만한 크기의 틈새 공간이 형성되어 있어서 비가 올

경우에는 궁색하게나마 비를 가릴 수도 있겠다.

김강한은 배낭을 멘 채로 바위에 등을 기대고 앉는다. 그리고 멍하니 모든 상념을 내려놓는다. 새벽부터의 고된 노동 때문일까? 갑자기 극심한 피로가 몰려온다. 무거워지는 그의 눈꺼풀에 달콤한 유혹이 매달린다.

'자고 싶다. 이대로 죽은 듯이 자고 싶다. 영원히 깨지 않고.'

미처 자각하지 못하는 사이에 그는 그대로 깊은 잠 속으로 빠져들고 만다.

괜한, 혹은 쓸데없는 실감, 아니, 상상!

김강한은 설핏 잠에서 깬다.

정말 오랜만에 단잠을 잔 것 같다. 깊게, 편안하게. 온몸이 다 개운하다. 무엇보다 답답함이 완전히 가셨다.

맘껏 기지개를 켜고 나서야 그는 문득 궁금해진다.

'얼마나 지난 거지?'

그런데 아래쪽 멀리로부터 어둠이 밀려들고 있다. 벌써 저녁이란 말인가? 그저 잠깐의 단잠인 줄로만 알았더니 꼬박 한나절이나 잠들어 있던 모양이다.

김강한은 가만히 한숨을 내쉰다. 그러나 깊은 산중에서 어둠을 맞이하게 된 다급함이나 두려움 따위에서는 아니다. 오히려 문득 안심이 되는 심정이다. 저 혼돈의 세계에서 비로소 온전히 벗어나 있는 것에 대해.

이윽고 그가 있는 곳도 점차로 뿌연 어둠 속에 잠겨가고 있다. 위쪽 암벽 틈새로 보이는 하늘마저도 시커멓게 변해가고 있다. 공기도 축축해지는 것이 소나기라도 한바탕 퍼부으려나?

문득 몸이 으슬으슬해진다. 추위일까?

그때다. 다시 그는 문득의 따뜻함을 느낀다. 뭔가 따뜻한 기운이 그의 몸을 감싸드는 듯하다. 마치 이불처럼 포근하게.

김강한은 설핏 실감해 본다.

'외단(外丹)?'

물론 괜한, 혹은 쓸데없는 실감, 아니, 상상일 것이다.

뜻이 잘 통하는 친구를 곁에다 두고 있는 것처럼!

"뚜렷한 제약과 한계 때문에 내공 화후의 커다란 진전을 기대하기는 어려울 것이다. 그러나 그럼에도 너의 내단과 외단은 아주 느리게일지라도 끊임없이 성장해 나갈 것이다. 저절로 말이다. 그리고 네가 이미 외단으로 가지고 있는 반 갑자의 내공은 너의 운과 노력 여하에 따라서 상당 부분 운용이 가능할 것인데, 만약에 반 갑자 전부를 완전하게 운용할 수 있다면 그것만으로도 너는 제법 놀라운 성취를 이룰 수 있을 것이다."

그때 꿈속의 여인이 말한 내용은 여전히 생생하게 김강한의 머릿속에 남아 있다.

외단(外丹), 그의 몸 주변에 존재한다는 무형의 특별한 공간.

그가 지금 그의 몸 주변에 정말로 외단이 형성되어 있는 것 같은 느낌을 받은 것은 추위에 대해 그의 신체나 정신이 어떤 자율적인 대응 작용을 하는 데서 비롯된 것일까? 혹은 깊은 산중에서 홀로 맞이한 어둠에 대한, 원초적인 두려움에 대한 어떤 대응 작용 때문일까?

하긴, 그것이 무엇 때문이건, 나아가 사실이건, 혹은 쓸데없는 상상이건 그런 건 아무 상관 없을 일이다.

어차피 지금 이 깊은 산중의 어둠 속에는 오로지 그 혼자 뿐이다. 무엇을 하든, 무슨 상상을 하든, 그가 하고 싶은 대로, 아무 조건 없이, 마음대로, 맘껏 해도 되는 것이다. 그렇게 하지 말아야 할 이유 따위는 조금도 없다.

그런 점에서 그는 한번 믿어보기로 한다. 그 느낌이야말로 외단이라고. 그사이 외단이 조금쯤 성장해서 이윽고 그가 느낄 수 있게 된 것이라고.

그러자 그의 몸 주변의 그 특별한 공간이, 이제는 외단이라고 믿기로 한 그것이 문득 친숙하고도 든든하게 그를 감싼다. 마치 뜻이 잘 통하는 친구를 곁에다 두고 있는 것처럼.

편안함 중에 그는 아무것도 하지 않는 채로 제멋대로 일어나고 스러지는 이런저런 생각들을 망연히 따라다니고 있다. 그러고 보니 배가 조금 고프지만, 기껏 그런 정도의 허기 때문에 이 평안을 깨고 싶지는 않다.

기분이 나쁘지는 않은 상상

후두둑!

빗방울이 떨어지는 모양이다. 갑작스러운 소리가 깊은 상념에 빠져 있는 김강한을 깨운다.

사방은 그야말로 칠흑 같은 어둠이다. 어둠 탓에 빗줄기는 보이지 않고 다만 빗줄기가 나뭇잎에 부딪치는 소리만 요란하다.

후두둑!

후두두둑!

소리는 순수하다. 아무런 잡소리도 섞이지 않고 오롯이 그한 소리만 들린다.

김강한은 빗소리에 가만히 동화되는 느낌이 된다. 바위틈이 깊어서 그런지 그가 있는 곳까지 비가 들이치지는 않는다. 마치 아늑한 텐트 안에서 세차게 내리는 비를 바라보고 있는 듯이 안온함까지 느껴진다.

소나기인 모양이다. 비는 이내 그치고 잠시 뒤 먼 동쪽으로부터 여명이 밝아온다. 어둠이 급하게 물러가고 있다.

그런데 주변을 돌아보니 그가 있는 암벽 틈새의 벽면이며 땅바닥이 온통 질펀하니 젖어 있다. 그런 중에 그의 몸만 젖지 않았다.

'이것도 설마 외단의 조화?'

설핏 드는 생각에, 아니, 상상에 그는 피식 실소하고 만다. 그렇다고 기분이 나쁘지는 않은 상상이다.

원래부터 그에게 있던 어떤 능력처럼

김강한은 길게 기지개를 켠다. 첫새벽의 산속 공기가 제법 차다. 그러나 그는 오그리기보다는 툴툴 털고 일어난다.

산꼭대기에 올라가 볼 생각이다. 새롭게 시작된 하루, 이렇게 일찍이는 아직 아무도 발자국을 남기지 않았을 가장 높은 곳의 처녀지에 올라보고 싶다. 괜한 충동일지라도 생각만으로도 전신에 호기가 치솟는 듯하다.

어차피 등산로는 없다. 김강한은 정상까지의 경로를 대충 계산하고는 곧장 잡림을 헤치고 나아간다. 그러나 이내 얼굴과 몸에 감겨드는 넝쿨과 나뭇가지들이 성가시다. 그는 차라리 바위와 암벽으로 이루어진 쪽으로 방향을 바꾼다.

지난밤의 비에 흠뻑 젖은 바닥이 미끄럽다. 자칫 미끄러지거나 발을 헛디디기라도 하면 위험하다. 그러나 지금 그의 기분으로는 위험과도 흔쾌히 맞닥뜨리고 싶다. 그는 바위의 돌출된 귀퉁이를 잡고 암벽을 기어오른다.

"어이~ 차!"

일부러 기합을 넣어가며 몸을 끌어 올린다. 그러나 팔뚝에
불끈 힘줄이 솟지만 힘에 버겁다. 하긴, 어제부터 아무것도 먹
은 게 없으니 기운이 없을 만도 하다. 먹을 걸 잔뜩 배낭에 쟁
여놓고도 귀찮아서 배를 곯았으니…….

금세 숨이 찬다. 힘은 힘대로 들고 숨은 숨대로 찬다. 헉헉
대는 숨이 금방 턱밑에까지 차오른다.

"아씨!"

소리가 절로 나온다.

'죽겠다!'

소리가 뒤따라 나오려는 걸 억지로 눌러 삼키는데, 생각의
조각 하나가 솔깃 올라온다.

'보결!'

사실 그 솔깃한 생각은 진작부터 그의 뇌리를 맴돌고 있다.
다만 그가 일부러 억눌러 두고 있는 중이다.

뭐랄까? 일종의 오기랄까?

보결은 천공행결 중 하나의 이치로, 말하자면 몸을 움직이
는 요령 같은 것이다. 그리고 그 요령을 실제로 가능하게 하
는 동력은 내공이다. 외단에 담긴 반 갑자의 내공 중에서 이
제 운용이 가능해진 것으로 추측되는 얼마간인지 모를 약간
의 내공.

그러나 보결과 내공은 그가 본래부터 가지고 있던 그의 진짜 능력이 아니다. 그런 데서 오는 이질감이랄까, 괴리감 같은 느낌이 있는 것이다. 적어도 아직까지는.

그리하여 첫새벽의 호기로 시작한 이 등반(登攀)만큼은, 등반이라고 해봤자 기껏 바로 눈앞에 보이는 산꼭대기에 오르는 것에 불과하지만, 어쨌든 그 본연의 의지와 힘만으로 정상까지 올라가 보자는 각오인 것이다.

그러나 사람은 원래 간사하다고 했던가? 그는 어느새 이미 기대고 있다. 그 편리한 요령에. 간사하게도.

그리고 처음이 아니라서일까? 보결은 한결 익숙하게 적응이 되는 느낌이다. 당장에 걸음이 수월해진다. 턱밑까지 차오른 숨도 한결 가라앉는다.

'보결! 내공! 외단!'

그가 본래부터 가지고 있던 그의 진짜 능력이 아니어서 방금 전까지만 해도 이질감과 괴리감이 느껴지던 그것들은 이제 문득 당연한 것처럼 느껴지기까지 한다. 원래부터 그에게 있던 어떤 능력처럼!

일출

이윽고 김강한은 산 정상에 도착한다. 시야가 탁 트이며 멀리까지 펼쳐지는 광경만으로도 후련하고 시원한 감을 누릴 수 있다. 그러나 오래 있을 의미까지는 찾지 못했으므로 그는 다시 내려가기로 한다.

산길이 가파를수록 올라갈 때보다 내려갈 때 오히려 더욱 조심해야 한다고 한다. 그러나 김강한은 어려움을 느끼지 않는다. 이제는 보결에 제법 익숙해져서 가파른 경사지에서도 몸의 무게중심이 적절하게 잡히며 걸음이 가볍다. 그는 걸음을 빨리해 본다. 그래도 안정적이다.

김강한은 예상한 것보다 빨리 베이스캠프로 돌아온다. 예의 그 거대한 암벽 사이의 틈새 공간에 차려둔 임시 아지트 말이다.

건너편 산봉우리 부근이 불그레하게 달아오르고 있다. 일출이 시작되고 있는 것이다.

덩달아서 산속의 모든 것이 활짝 깨어나는 느낌이다. 여린 햇살을 품은 공기가 청량감을 준다. 비로소 아침 먹이 사냥을 나섰는지 짹짹거리는 맑은 새소리가 청량감을 더해준다.

김강한은 일출이 진행되는 것을 지켜보고 있다. 이윽고 산봉우리 위로 해맑은 불덩어리가 기웃 고개를 내민다. 그리고 이내 불덩어리는 온전히 모습을 드러내며 눈부신 빛살을 온 사방으로 퍼뜨린다.

아아! 따뜻하다! 포근하다!

그는 뒤쪽 암벽 위로 기어 올라간다. 그리고 그 꼭대기에 서서 두 팔을 한껏 벌리고 온몸을 활짝 연다. 두 눈을 감고 온몸으로 따듯한 기운을 받아들인다. 아무런 생각도 하지 않고 그저 이 한없이 따뜻하고 포근한 느낌에 온전히 젖어 든다.

그게 바로 외단이다!

김강한은 하루 종일 아무것도 하지 않고 있다.

그가 유일하게 하는 건 끼니를 챙겨 먹는 일이다. 아침을 챙겨 먹고 나서 그냥 우두커니 앉아 있고, 점심을 챙겨 먹고는 벌렁 드러눕는다. 낮잠을 자지는 않는다. 그냥 노는 거다.

'뭐 하고 노느냐고?'

뭐, 별것 없다. 그냥 아침과 한낮, 그리고 저녁으로 시간이 흘러감에 따라 산속의 풍경이, 냄새가, 또 혹은 소리가 어떻게 변해가는지 느껴보는 거다. 그냥.

아무 하는 일이 없어도 시간은 금방금방 흘러간다. 저녁을 챙겨 먹고 놀다 보니 어느덧 밤이다. 바닥을 조금 더 편평하게 고르고 나서 담요를 펼친다. 그 위에 벌렁 드러눕는다.

'오늘 밤은 별이라도 볼까?'

쏟아지는 별빛을 기대해 보지만, 하늘이 흐린가 보다. 별은 겨우 몇 개만 보인다.

김강한은 차라리 느낌에 의지한다. 사방은 이미 어둡지만 그래도 그 속에 어떤 기운이 있는지 집중해 본다.

'산속의 기운? 그런 게 다 느껴지냐고?'

느껴진다. 외단의 덕이다.

외단은 이제 좀 더 구체적으로 실감되고 있다.

아무 잡생각도 없이 머릿속을 텅 비우는 듯이 집중할 때 문득 느껴지는 것. 대기와는 확연히 구분되면서 마치 살아 있는 듯 생생한 느낌을 지닌 특별한 공간.

그게 바로 외단이다.

외단 확장

김강한은 가만히 집중해 본다. 굳이 수치화를 해보자면 외단, 그 무형의 특별한 공간은 지금 그의 몸을 중심으로 주변 1미터 쯤의 범위에 고요히 머물고 있다.

외단에 대해서는 그가 이미 실감하고 있는 것도 있다. 즉 외단이 보통 때는 안정적으로 분포하고 있다가 그가 긴장하거나 흥분하면 그의 몸 가까이로 바짝 붙어서 그 범위가 축소되고, 다시 마음이 안정된 상태로 되면 외단 역시도 안정된 상태로 되어 원래대로 확대된다는 것 등이다.

'내 의지대로 조정을 해볼 수도 있을까?'

김강한이 그런 생각을 해보면서는 피식 실소를 머금고는 실없는 자문자답을 해본다.

'그래서 뭐 하게?'

'그냥. 궁금하잖아? 심심하니까 그냥 한번 해보는 거지, 뭐.'

그는 천천히, 그리고 조심스럽게 외단을 넓히겠다는 의지를 가져본다. 그러나 외단은 별다른 반응이 없다. 큰 기대를 한 건 아니지만 그래도 실망스럽긴 하다.

그런데 그때다. 문득 뭔가 느낌이 온다. 마치 한 템포 늦게 반응하는 듯이 외단이 느릿하게 넓어지는 느낌이다.

2미터!

3미터!

4미터!

그를 중심으로 해서 외단이 점점 그 분포 영역을 넓혀간다. 상대적으로 외단의 존재감은 점점 흐릿해진다.

그런데 신기하고도 흥미로운 건 외단의 확장에 따라 마치 그의 감각도 함께 확장되는 듯하다는 점이다. 뭐랄까? 외단이 확장을 해나가면서 그 범위 내에 있는 물체들, 이를테면 나무나 바위 등등이 어렴풋이나마 구분되는 느낌이랄까?

그는 외단이 과연 어디까지 확장되는지 끝까지 시도해 본다.

5미터!

6미터!

7미터!

거기까지다. 더 이상은 안 된다. 7미터쯤을 한계로 더 이상은 외단의 존재감이 느껴지지 않는다.

그는 다시 조심스럽게 외단을 좁혀본다. 그러자 천천히 외단의 느낌이 되살아난다.

생각지도 못한 친구

문득 외단 영역 내의 한 지점에서 출렁거림이 느껴진다. 마치 넓게 펼쳐놓은 거미줄에 벌레 한 마리가 걸린 듯한 그런 느낌이랄까?

그리고 그 움직임이 천천히 다가들면서 느낌이 더욱 선명해지는 데서는 김강한이 긴장하지 않을 수 없다. 외단 또한 빠르게 범위를 좁혀들며 그의 곁으로 붙어온다.

부스럭부스럭!

마른 잎을 밟는 것 같은 소리가 들리더니 뒤이어 두 줄기 불빛이 보인다. 살아 있는 빛이다. 짐승의 두 눈.

김강한은 급하게 배낭에서 손전등을 꺼내 앞을 비춘다. 그리 크지 않은 형체가 설핏 보인다. 산고양이인가 싶은데 그것이 문득 '꾸액!' 하고 나지막한 울음소리를 내며 더욱 가까이로 다가온다.

그것의 모습이 확연해진다. 갈색의 털에서는 설핏 고라니

새끼인가 싶다가, 등에 세로로 죽죽 그어진 검은 줄무늬와 길
쭉하게 튀어나온 주둥이에서는 비로소 녀석의 정체를 알겠다.
멧돼지다. 아직 어린 새끼 멧돼지.

멧돼지를 만날 줄이야! 전혀 생각지도 못한 조우다. 야생의
멧돼지가 위험하다고 하는 소리는 들어봤지만, 기껏 새끼에
불과하니 경계심이 들 것까지는 없다. 오히려 녀석이 또랑또랑
한 눈으로 그를 보다가 또 작은 몸뚱이를 쫄랑거리며 길쭉한
코로 바닥을 쑤셔대는 모습이 귀엽기만 하다. 세상의 모든 새
끼는 다 귀여운 법인가?

"쭈쭈쭈~."

김강한이 혀 차는 소리로 관심을 끌자 녀석은 겁도 없이 쫄
래쫄래 다가든다. 손바닥을 내밀자 강아지처럼 핥기까지 하는
데, 그 느낌이 거칠고 힘차다는 데서는 강아지에 비할 바가 아
니어서 확실히 야생이구나 싶다.

그가 녀석의 머리를 쓰다듬자 피하지 않고 오히려 비벼대
는 모습에서 녀석도 싫지는 않은 모양이다. 깊은 산중, 오롯
이 혼자라고 여겼는데 생각지도 못한 친구가 하나 생긴 느낌
이다.

무지막지한 놈

한순간 김강한은 머리털이 쭈뼛 서는 느낌이다.

저쪽 시커먼 숲속에서 마치 횃불과도 같이 형형히 빛나는 불빛 두 개가 그를 노려보고 있다. 섬뜩한 중에 아차 싶다. 새끼가 있으면 어미가 근처에 있을 거라는 생각을 해야 했다. 더욱이 어느 짐승이건 새끼 딸린 어미는 예민하고 포악하다고 하지 않던가?

커다란 형체 하나가 수풀 밖으로 성큼 나서는데, 희끄무레하게 보이는 덩치가 그야말로 집채만 하다. 놈의 주둥이 양옆으로 삐져나온 길고 날카로운 이빨이 무시무시하다. 어미 멧돼지다.

놈이 천천히 다가선다. 김강한은 감히 함부로 움직이지 못하고 뒤로 한 걸음을 겨우 물러서는데 순간,

꾸웨액!

놈이 거칠게 포효하면서 맹렬히 돌진해 온다.

두두두둑!

와자자작!

놈의 발굽 소리와 나뭇가지가 부러지고 수풀이 꺾여 나가는 소리가 산속의 고요를 사정없이 깨버린다.

김강한은 그대로 머리가 하얗게 비고 만다. 그대로 들이받아 압사시킬 듯이 들이닥치는 무지막지한 놈의 기세에는 도망칠 엄두조차 나지 않는다.

놈의 시커먼 덩치가 바로 눈앞에서 덮쳐오고 있다.

기감(氣感)

 절박한 순간에 김강한이 자신도 모르게 기댄 것은 외단이다. 그는 바짝 좁혀져 몸에 밀착되어 있는 외단을 그의 앞으로 돌리고자 한다. 다만 의지일 뿐이지만 절박함의 힘인지 순간 외단이 움직인다. 그럼으로써 외단은 그의 앞쪽에서 무형의 벽과 같은 형태로 펼쳐진다. 마치 방패처럼. 물론 그것이 정말로 방패일 리는 없고, 성난 멧돼지를 막기엔 어림없을 노릇이다. 다만 절박한 순간에 반사적으로 취해진 대응일 뿐이다.

 쾅!

 격렬한 충격이 그의 몸에 가해진다. 아니다. 충격은 그의 몸에 직접적으로 가해진다기보다는 약간의 간극을 두고서다.

 '방패? 외단?'

 찰나의 의혹이 이는 중에 그는 다시 뭔가가 확연해지는 느낌이다. 뭐랄까? 눈으로 보이는 것이 아닌 감각이다. 오감(五感)과는 다른, 어떤 기(氣)에 대한 감각. 기감(氣感)이랄까? 지금 그에게 가해진 격렬한 충격에 대해 찰나적인 순간에 외단이 어떻게 그것을 흘려내고, 흩트리고, 또 흡수하는지가 확연하게 느껴진다. 아니, 꼭 그런 것만 같다. 그렇게 찰나의 순간이 지나고 그의 몸이 붕 허공으로 떠올라서 뒤로 퉁겨진 다음에 다시 호되게 땅바닥으로 내팽개쳐진다. 그런데 최종적으로 그가 실감한 충격은 각오한 것만큼 막상 그렇게 크지는 않다. 멧돼지의 날카로운 어금니에 정통으로 들이받히고 다시 그 충격으로 공중에 떠올랐다가 땅바닥에 내동댕이쳐진 것치고는 말이다.

운기(運氣)

놈이 거친 숨을 씩씩거리면서 노려보고 서 있다. 여전히 살기등등한 기세다. 김강한이 재빨리 몸을 일으키자 그것이 신호이기라도 한 듯이 놈이 재차 돌진해 들어온다. 더욱 맹렬한 기세다.

두두두둑!

그런데 그때다. 한 줄기 청량한 기운이 그의 몸속으로 들어온다.

'아아! 내공이다! 외단으로부터다!'

그것이 사실인지의 여부는 이 순간에 중요치 않다. 그는 반사적이다시피 보결을 떠올린다. 그러자 그 한 줄기의 내공은 즉시로 그의 몸속을 미끄러져 나간다. 그는 이윽고 확신한다.

'운기(運氣)다! 보결에 따른!'

놈이 그를 덮치기 직전, 그는 오른발을 축으로 빙글 반 회전을 한다. 반 회전에 불과하지만 그의 몸은 훌쩍 한 옆으로 비켜나고, 놈은 섬뜩한 기세만 남기고 그를 스쳐 지나간다. 간발의 차다.

놈은 그가 그런 식으로 피할 줄은—혹은 피해낼 수 있을 줄은—미처 예상하지 못했는지 몇 미터쯤을 더 돌진하고 나서야 겨우 속도를 죽이며 위태롭게 몸을 돌린다. 그러곤 화를 주체하지 못하겠다는 듯이 거친 포효를 내지르며 다시금 돌진해 온다.

꾸애애액!

그러나 김강한은 이제 약간의 여유를 찾고 있는 중이다. 그의 내부에 흐르고 있는 뿌듯한 기운, 그것으로 언제라도 보결을 운용할 수 있다는 믿음이 있고, 그럼으로써 놈의 공격에 대해 여하히 몸을 피해낼 수 있으리라는 어느 정도의 자신이 생긴 덕분이다.

놈이 1미터 앞쯤까지 돌진해 왔을 때, 그는 다시 보결로 몸을 튼다. 스치듯이 그의 옆을 스쳐 지나간 놈이 이번에는 아예 잡목 숲 속으로 처박혔다가는 당황한 듯 몸을 추스르고 다시 돌아 나온다.

김강한은 조금 더 여유가 생긴다. 한편 놈의 기세도 한결 누그러지는 듯하다. 혹은 위축된 것인지도. 어쨌든 씩씩거리면서도 당장에 다시 공격할 태세로는 보이지 않는다.

그때다. 한쪽의 소나무 둥치 밑에 웅크리고 있던 새끼 멧돼

지가 쫄랑거리며 움직이더니 저로 인해 방금까지 벌어진 험악
한 사태는 알 바 아니란 듯이 저 혼자서 수풀 속으로 들어가
버린다. 그러자 어미 멧돼지의 주의도 자연스레 새끼에게로
옮겨 가는 모양새다.

부스럭부스럭!

어둠 속에서 새끼 멧돼지가 움직이는 소리가 차츰 멀어지
고 있다. 어미 멧돼지가 잠시 김강한을 노려보고는 새끼가
간 쪽으로 성큼성큼 움직여서는 이내 어둠 속으로 사라진
다.

굳이 부딪치지 않고 피할 자신

긴장이 풀린 다음 김강한이 가만히 생각해 보니 그의 임시
아지트에서 조금 아래쪽에 껍질이 반질반질해진 나무가 두어
그루쯤 있는 걸 본 것 같다. 아마도 멧돼지가 등을 비벼서 그
렇게 된 건 아닐까?

그렇다면 이 주변이 멧돼지들의 영역이라는 건데, 고의는
아니지만 그가 남의 땅을 침범하여 차지하고 있는 것일 수도
있다.

김강한은 거처를 옮길까 하다가 일단은 그냥 있기로 한다.
아주 산에서 살 것도 아니고 한 며칠만 더 있을 생각인 데다
다시 멧돼지가 나타나더라도 이제는 굳이 부딪치지 않고 피할

자신이 생기기도 해서이다.

이를테면 멧돼지를 흥분시킬 것 없이 곧장 뒤쪽의 가파른 암벽 위나 큰 나무 위로 피해주면 될 일이다.

내친김에 그는 아예 담요 한 장을 챙겨 들고서 뒤편의 암벽 위로 올라간다. 암벽의 꼭대기는 좁지만 평평해서 그 혼자는 누울 만하다.

누워서 올려다보는 밤하늘엔 그새 별 몇 개가 더 모습을 드러내 놓고 있다.

뭐지?

김강한이 별을 보면서 이런저런 생각에 잠기다가 이윽고 마음이 편안해지며 담담하게 가라앉았을 때다. 문득 부드럽고도 따뜻한 기운 한 가닥이 그의 몸속으로 유입된다. 내공 진기다. 외단으로부터 흘러드는.

'응?'

반가우면서도 설핏 의아하다. 아까처럼 보결을 운용하는 것도 아니고, 절박하거나 긴장을 한 상황도 아니어서이다.

그러나 지금 누리고 있는 마음의 평안을 굳이 깨뜨리고 싶지는 않기에 김강한은 몸속에서 일어나는 현상을 그저 가만히 지켜보기로 한다.

그 한 가닥의 진기는 그가 보결에 따라 운기하는 것도 아니기에, 어쨌든 간에 금세 다시 외단으로 돌아갈 것으로 그는 짐작해 본다.

그런데 그의 짐작과는 좀 다르다. 그의 몸속에서 호응하는 뭔가가 있다. 그리하여 그 한 가닥의 진기는 그 뭔가의 이끎을 받는 것처럼 유유히 몸속을 누비고 다니기 시작한다.

'아!'

그는 내심 탄성을 흘린다. 그 한 가닥의 진기가 지나가는 경로를 따라서 주변의 근육에 쌓인 피로가 청량하게 풀리고 혈관과 세포마다에 신선한 활력과 힘이 충전되는 것 같다. 시원하고 후련하다.

그렇게 한바탕 몸속을 실컷 누비고 나서야 그 한 가닥의 진기는 이윽고 다시 외단으로 돌아간다. 그런데 특기할 만한 점은 진기가 외단으로 돌아가고 나서도 그의 몸속에 남는 것이 있다는 점이다.

놀랍게도 진기다. 아주 미약하지만 그 진기는 외단으로부터 와서 다시 외단으로 돌아간 진기와는 분명 다른 새로운 진기다. 그리고 새로운 진기는 예의 그 뭔가로 흡수된다.

'뭐지?'

그가 새삼 그 뭔가에 대한 의문을 가져볼 때다. 외단에서 다시 한 가닥의 진기가 그의 몸으로 흘러든다. 그러고는 예의 그 뭔가의 이끎을 받아 유유히 몸속을 누비고는 다시 외단으로 돌아간다. 좀 전과 같이 미약한 진기를 그의 몸속에다 남기고 그 진기는 또 '뭔가'로 흡수된다.

내단(內丹)

'내단이다!'

김강한의 그 생각은 불쑥 튀어나오다시피 한 것이어서 그 스스로도 미처 놀랄 틈도 생기지 않거니와 별다른 감흥도 일어나지 않는다.

물론 그 뭔가를 두고 내단이라고 짐작할 만한 근거는 빈약하다고 할 수밖에 없다. 그때 꿈속에서의 여인이 한 말뿐이니 말이다.

"부동신(不動身)은 사람과 자연의 기운을 서로 조화시키는 무한한 이치에 관한 것이다. 부동신을 익혀 자연의 기운과 동화되는 경지에 이르게 되면 신체 외부에 무형의 기공간(氣空間)이 형성되게 되는데, 이것을 외단(外丹)이라고 한다. 외단은 성취에 따라 무한히 넓어지고 깊어져서 이윽고 사람과 자연이 온전히 동화되는 무궁(無窮)의 도(道)에 이를 수 있다.

부동신이 높은 경지로 접어들기 위해서는 그 가없음의 중심이 되어줄 굳건한 존재를 필요로 한다. 아무리 가없고 무궁하다 하더라도 그 근원이 없다는 것은 이미 존재하는 것이 아니기 때문이다. 그 굳건한 근원이 바로 금강신(金剛身)으로, 곧 수련자의 신체를 불괴지신(不壞之身)으로 단련한다는 의미이다. 금강신은 외단을 일정 경지 이상으로 성취한 후에야 연마를 시작할 수 있는데, 그것은 내단(內丹)의 발아가 전제되어야 하기 때문이다. 내단은 부동신의 외단에 대비되는 개념으로 금강신에서 추구하는 내공의 본원(本源)이다.

부동신과 금강신, 곧 외단과 내단은 상생의 이치로 외부의 자극과 충격을 촉매로 삼아 끊임없이 서로를 보호하고 보완하는 과정을 수행하면서 저절로 커지고 강해진다. 그리하여 내단이 천만 번 두드려지면 이윽고 완전한 금강신에 이르는데, 곧 금강불괴지신(金剛不壞之身)이다. 더불어 금강불괴지신을 근원으로 무한히 확장한 외단은 이윽고 그 어디에도 없고 또한 그 어디에도 있는 무궁지경(無窮之境)에 이르게 된다. 이는 곧 금강부동(金剛不動)의 완성이니 마음이 일어 행하지 못할 것이 없게 되는 궁극의 경지이다."

그런데 아주 똑같지는 않다. 그가 그때 꿈속 여인의 말을 여전히 또렷하게 기억하고 있거니와 비록 유사하거나 같은 맥락의 말일지라도 그가 지금 떠올리고 있는 말은 그때 여인이 한 말에서 더하고 뺀 것이 있다. 그렇다면 그 더하고 뺀 것은 또 어디로부터 나온 것일까?

외단에서 다시 한 가닥의 진기가 들어오고 있다. 그리고 같은 과정을 거치고는 다시 외단으로 돌아간다. 그가 일부러 멈추지 않는 한, 이를테면 약간의 의아함과 의문이 있을지라도 마음의 평안은 유지하고 있는 지금의 이 상태를 굳이 일부러 깨뜨리지 않는 한 이러한 과정은 아마도 언제까지고 무한히 반복될 듯하다.

그러거나 말거나 밤하늘에는 별들이 빛나고 있다.

별 하나, 별 둘⋯⋯.

김강한은 어느 순간 저도 모르게 잠에 빠져든다. 그렇게 많지도 않은 별을 다 세지도 못하고.

이름이 좀 요상하지 않은가?

꿈속인가? 비몽사몽간인지도 모르겠다.

아니, 지금 홀연히 나타나 그의 앞에서 춤을 추고 있는 여인을 보면 확실히 꿈속이다.

초승달같이 가늘게 휘어진 눈썹과 작은 입, 옛 미인도 속의 얼굴처럼 고전적이면서도 고귀한 기품에 감히 범접하기 어려운 기이한 위엄을 풍기는 여인, 그녀다. 이 이상한 일들이 처음 시작될 때 꿈속에서 만난 바로 그 여인.

여인의 춤은 좀 이상하다. 온몸의 모든 부위를 다 움직이고 있다. 손, 발, 팔꿈치, 무릎, 머리, 손가락, 배, 등, 어깨 등등의 신체의 모든 부위를 이용해서 치고, 차고, 찌르고, 걸고,

잡아채고, 비틀고, 할퀴고, 튕기고, 누르고, 박치기를 하고, 심지어 깨무는 시늉까지 한다. 기묘하고 우습기도 하지만, 또 어찌 보자니 무슨 실전 무술쯤을 시범 보이는 것 같기도 하다.

그러면서 여인은 매 동작마다 뭔가 설명을 덧붙이고 있다. 말로 하는 설명은 아니다. 어떤 기이한 울림 같은데, 어쨌든 그에게로 뜻이 전해지고 있다.

[금강부동공(金剛不動功)이 극단적이리만큼 내공에만 치우쳐 있기에 내외(內外)의 균형이 흐트러질 것을 경계하여 창안된 아주 간단한 체조 형태의 기본 외공으로, 그 명칭은 십팔수(十八手)다.]

'십팔… 수! 흐흐흐!'
김강한은 괜스레 웃음을 흘린다. 이름이 좀 요상하지 않은가?

[십팔수는 열여덟 가지의 기본적인 초식을 엮은 것에 불과하나, 그것에서 응용할 수 있는 수법은 가히 무궁무진하여 박투에서 펼칠 수 있는 모든 형태의 수법을 다 담고 있다고 해도 과언이 아닐 것이다. 특히나 외단의 공능과 연계시켜 완숙의 경지에 이른다면 십팔수만으로도 가히 무적을 구가할 수 있을 것이다.]

'무적?'

그런 종류의 말에 대해서 김강한이 이제쯤에는 별 감흥이 없다. 그저 '그런가? 그렇다고 해두지' 하는 정도이다. 그런데 십팔수에 대한 시범(?)과 해설이 끝나는가 싶더니 갑자기 또 일련의 광대한 내용이 무진장 쏟아져 들어온다.

그것은 일방적인 전이다. 뜻도 알 수 없는 수많은 이상한 용어들과 의미, 이해 등이 그에게 어떤 동의도 구하지 않은 채 무차별적으로 그의 머릿속으로 주입되고 있다.

그로서는 거부할 수조차 없다. 그냥 쏟아지는 대로 받아들일 수밖에 없다. 꿈이니까.

처음 겪는 일도 아니니

설핏 꿈을 깨고 난 뒤 김강한은 피식 실소부터 흘리고 만다.

도무지 이해가 되지 않는 현상에 대한 사뭇 역설적인 대응이다. 꿈속에서 무차별적으로 그에게 주입된 그 뜻도 알 수 없는 광대한 내용이 꿈을 깨고도 그대로 머릿속에 남아 있다는데 대해서다. 너무도 생생하게.

그러나 그가 지금 직접 겪고 있는 엄연한 사실이니 수긍할 수밖에 없다.

하긴 처음 겪는 일도 아니니 이 또한 그런가 보다 하고 넘기면 될 일이다.

생생하거나 말거나 안 떠올리면 될 일이고.

달밤의 체조

아직 사방은 어두운데 정신은 말똥말똥하여 잠이 다시 올 것 같지는 않다. 밤하늘을 올려다보니 달빛이 제법 휘황하다.

달구경을 하다가 별 구경을 하다가 김강한은 금세 무료해진다. 아직 두어 시간은 더 있어야 날이 밝을 것이니 그동안 뭘 하나 싶다.

'한번 해볼까?'

설핏하고 엉뚱한 호기심 한 가닥이 문득 생겨난다.

십팔수! 그 요상한 이름의 춤인지 무술인지에 대해서다.

꿈속에서 여인이 시범 보이던 동작들이 또렷하게 떠오르거니와 별로 어렵게 생각되지도 않아서 시늉 정도는 해볼 수 있겠다 싶기도 하다. 하지만 막상 해볼 생각을 하니 또 누가 보면 달밤에 체조한다는 소리나 듣겠다 싶어서 괜히 멋쩍어진다. 그러나 그는 다시 짐짓 의뭉스럽게 웃어본다.

"흐흐흐."

지금 여기는 그만의 세상이다. 달밤에 체조를 하든 말든 누가 볼 것이며 누가 뭐라고 할 것인가? 무슨 짓이든 내키는 대로, 맘대로 해도 괜찮은 것이다.

더욱이 잘하면 무적이 된다는데 무료하게 시간이나 죽이고 있으니, 체조 삼아서 한번 따라 해보지 않을 이유가 없지 않는가 말이다.

외단의 공능과 연계

김강한은 암벽 위쪽의 평평한 지대로 올라가서 자리를 잡는다. 그리고 설렁설렁 십팔수의 흉내를 내본다. 말 그대로 그냥 흉내다.

비록 흉내에 불과하지만 십팔수를 순서대로 한 번씩 다 펼치고 나자 몸에 땀이 나기 시작한다.

'무료하게 시간이나 죽이고 있으니 그냥 한번 해보자' 하고 시작한 것이니 땀까지 뺄 것은 또 아닐 터, 만약 그가 흥미로운 사실 하나를 발견하지 못했더라면 그 흉내는 그야말로 잠시 달밤의 체조나 해본 정도로 끝났을 것이다.

흥미롭다는 것은 꿈속 여인이 말한 '외단의 공능과 연계'라는 대목과 관련해서이다. 즉 몇 차례 어설프게나마 몸을 비틀고, 주먹을 내지르고, 발을 차올리고 하는 중에 미약한 정도지만 외단의 진기가 몸으로 흘러드는 것이다. 그가 따로 의도한 것은 아니고 그냥 십팔수의 동작을 흉내 냈을 뿐인데 말이다.

그가 다시 한번 십팔수의 동작들을 취해 나가는데, 처음보다 훨씬 느낌이 좋다. 손끝에서, 발끝에서, 그리고 동작이 이루어지는 몸의 각 부위에서 활력이 넘실거리는 것 같다. 그런 것 때문에라도 김강한은 십팔수에 점점 매료되는 기분이 된다.

그리고 반복할수록 그의 동작은 점점 더 가볍고 부드러우면서 또한 힘차게 변해간다. 더불어 그의 몸에서는 점점 힘과 활력이 넘치고, 그것은 다시 희열과 쾌감으로 화한다. 불끈 호기도 생긴다. 앞을 가로막는 무엇이라도 깨부술 수 있을 것 같은.

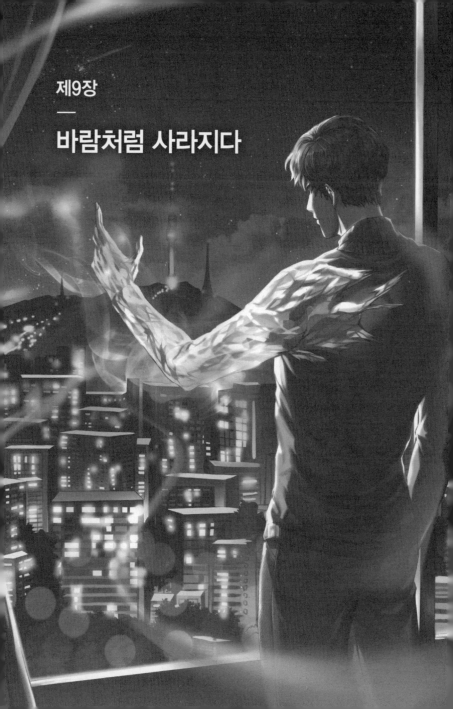

제9장

바람처럼 사라지다

그런 정도의 투쟁심을 가져보기에는 충분한

　어느덧 산에서 다섯 번째 맞는 아침이다. 김강한은 여전히 편안하다. 자연인 체질인가? 가끔씩 내려가서 기본적인 식재료만 사 오면 이대로 산에서 살아도 되겠다 싶다.

　물론 괜히 한번 해보는 생각이지 정말로 그럴 것은 아니다. 멧돼지에게 미안해서라도.

　사실 오늘은 아침부터 마음 한구석이 불편하다. 아침에 눈을 뜨자마자 죽은 강 형과 나눈 대화 몇 토막이 뜬금없이 떠오른 때문이다.

"사기를 제대로 치려면 우선 배포가 있어야 되는 거거든. 그리고 큰 사기꾼은 먹을 걸 남겨놓고 가는 법이 없어. 먹을 수 있는 건 깨끗하게 다 먹고 난 다음에 바람처럼 유유히 사라지는 것, 그런 게 바로 사기꾼의 풍류(風流)라고 하는 것이지."

제기랄! 그 말이 왜 떠오르는지. 그리고 연이어 떠오르는 것들이라니.

"우린 동지잖아?"
"사기꾼이 동지는 무슨 동집니까, 공범이면 몰라도?"
"흐흐흐! 좋아! 그럼 이제부턴 공범이다?"

이미 세상에 없는 사람이다. 그러니 그냥 흘려 버리면 될 말이다. 그런데 그게 그렇게 되지를 않는다. 강 형의 말은 점점 더 생생해지고 있다.

찜찜하다. 뭔가를 하지 않으면 안 될 것 같은, 꼭 무슨 빚이라도 지게 되는 것 같은 그런 찜찜한 기분이다. 그리고 그런 유의 찜찜함을 견디는 데 대한 면역력은 이미 오래전부터 그에게 남아 있지 않다.

"제기랄! 모르겠다!"

그가 짐짓 신경질적으로 뱉는다. 그러나 그의 '모르겠다'는

'일단 한번 저질러 보자'는 적극적 의미의 반어(反語)이다.

그는 이제 수긍하고 있다. 그에게 이상하지만 제법 대단한 어떤 능력이 생겼다는 것을. 그런 능력이 어떻게 생기게 되었는지에 대해서는 여전히 이해가 안 될지라도.

오늘 아침 그가 문득 강 형을 떠올리게 된 것도, 나아가 지금 그와의 '공범으로서의 마지막 의리'까지를 생각하고 있는 것도 스스로의 그런 능력에 대한 수긍으로부터 비롯되었을지 모를 일이다.

물론 그런 능력이 그가 '일단 한번 저질러 보자'고 작정한 일을 정말로 가능하게 해줄지는 감히 장담할 수 없지만, 그러나 그런 정도의 투쟁심을 가져보기에는 충분한 것이리라.

지하통로를 다시 찾다

김강한은 지난 며칠간 보금자리로 이용하던 주변을 정리하고 그가 남긴 모든 흔적을 최대한 지워내는 데 제법 많은 시간을 할애한다. 그는 다시 돌아오지 않을 것이지만, 다시 돌아올 멧돼지들을 위해.

사방이 완전히 어둠에 잠기고 나서야 그는 사냥을 나서는 맹수처럼 사뭇 결기 서린 걸음으로 산을 내려간다. 보결은 이제 굳이 집중하지 않아도 제법 익숙하게 운용된다. 성큼성큼 걷는 사이에 금세 아래쪽 도시로 접어든다. 지하철역까지 가기 번거롭다는 생각에 그는 택시를 잡아탄다.

택시비는 강 형의 돈으로 낸다. 돌돌 말린 지폐 뭉치에서 빼낸 꼬깃꼬깃 구겨진 지폐를 받고 택시 기사가 힐끗 그를 돌아본다. 그러나,

"잔돈은 가지세요!"

라는 그의 말에 택시 기사는 곧장 반색한다.

"아이고. 감사합니다, 손님!"

편의점에서 소주 두 병과 몇 가지 안줏거리를 사서 들고 그는 지하통로로 내려간다.

그들이 오기를 기다리다

지하통로의 풍경은 조금도 변하지 않았다.

김강한이 안으로 들어서자 모든 눈이 그에게로 모인다. 그러나 누구도 그에게 말을 걸거나 하지는 않는다. 그들은 여전히 자신에게 직접적으로 관련되지 않은 일에 대해서는 철저하게 타인으로서의 관점을 유지하고 있다.

혹시나 했는데 강 형의 자리는 여전히 그대로다. 종이 널빤지는 깔려 있지 않지만, 딱 그 공간만큼 비어 있다. 김강한은 태연히 자리를 차지한다. 편의점에서 챙겨 온 신문지를 넓게 펴서 강 형의 영역을 온전히 차지하고 앉는다.

그가 비닐봉지에서 소주며 안줏거리를 꺼내 신문지 위에다

늘어놓자, 옆자리의 조 영감이 그제야 슬그머니 관심을 보인다. 지난번 며칠간 있으면서 얼굴을 익힌 몇 안 되는 사람들 중 하나다.

김강한은 종이컵에다 소주를 한 잔 가득 부어서 조 영감에게 권한다. 조 영감은 차마 사양하지 못하고 냉큼 종이컵을 낚아채 간다. 벌컥벌컥 마신 후에 다시 한 잔. 누구에게 빼앗기기라도 할 듯 거푸 두 잔을 들이켠 다음에야 조 영감은 어눌한 투로 주섬주섬 얘기를 꺼낸다.

지난 대엿새 동안에 강 형을 찾는다고 아주 난리가 났단다. 두치 패거리가 지하통로 주변을 발칵 뒤집어놓았고, 나아가 영등포역과 서울역 등으로까지 범위를 넓혀 샅샅이 뒤지는 모양이더란다. 그러면서 그가 돌아왔다는 게 금방 두치네 패거리 귀에 들어갈 테니 얼른 몸을 피하는 게 좋을 거라고 뒤늦은 걱정을 붙인다.

곧 두치네 패거리가 올 거라는 건 김강한도 익히 짐작하고 있다. 그러나 그는 지금 그들이 오기를 기다리고 있는 중이다.

가장 대찬 단어들

두치네 패거리가 지하통로에 들어선 것은 조 영감이 막 소주 한 병을 다 비웠을 때다.

조 영감이 잽싸게 제자리로 돌아간다. 와중에도 소주 한 병과 과자 두 봉지를 챙긴 영감은 표정만큼은 자신과는 아무런 상관이 없는 상황이라는 듯 딴청이다.

"야, 새꺄! 강 씨 그 새끼, 지금 어딨어?"

두치의 첫마디에 대해 김강한이 덤덤한 투로 받는다.

"강 씨가 니 새끼니?"

두치가 설핏 멍한 표정을 하고 나서야 확인하듯 반문한다.

"뭐?"

"너보다 한 이십 년은 위쪽인 양반인데, 어떻게 니 새끼가 되냐고 물었다!"

"근데 이 새끼가 뭘 잘못 처먹었나?"

두치가 당장에 주먹을 휘둘러 온다. 김강한이 미리 각오는 되어 있는 바이지만 그래도 설핏 당황스러운데, 순간 외단에서 먼저 기감이 일어난다. 그것에 순응하여 그는 빙글 몸을 돌려 반걸음을 비켜서면서 놈의 주먹을 슬쩍 흘린다. 연이어 놈의 뒤통수에다 짧게 한 방을 갈겨준다.

그것에는 십팔수 중의 하나가 섞인 것 같기도 하고 아닌 것 같기도 하다. 섞였거나 말았거나 두치 놈이 세차게 떠밀리기라도 한 것처럼 제풀에 철퍼덕 앞으로 고꾸라진다. 놈이 쓰러진 채로 크게 낭패한 모습이더니 곧장 악다구니를 쓴다.

"뭐 해, 새끼들아! 저 개새끼, 밟아! 죽여 버려!"

놈의 패거리가 일제히 김강한의 주변을 포위하며 다가드는데, 몇몇 치는 벌써 쇠파이프며 칼 등을 꺼내 들고 있다. 김강한이 퍼뜩 긴장한다. 그러자 외단이 그의 몸 가까이로 확 좁혀든다. 동시에 머릿속으로는 보결과 십팔수의 요결이 생생하게 떠오른다.

"후읍!"

크게 한번 숨을 들이쉬고 나서 김강한은 곧장 앞으로 달려나간다. 이어 쇠파이프를 휘둘러 오는 놈의 팔을 잡아 제치며,

퉁!

어깨로 밀치고, 칼로 옆구리를 찔러드는 놈의 손목을 잡아 꺾은 다음 명치에다,

팍!

팔꿈치를 박아주고, 허리를 잡으러 태클을 들어오는 놈의 턱을,

쿡!

무릎으로 올려 찬다. 십팔수의 초식들이 제대로 펼쳐지며 순식간에 서너 놈이 바닥으로 나뒹군다.

김강한이 보이는 뜻밖의 무력에 놈들이 크게 놀란 듯이 주춤거린다. 김강한은 바닥에 떨어진 쇠파이프 하나를 집어 든다.

붕~! 부웅!

그러곤 바람 소리가 나도록 맹렬히 휘두르며 그가 아는 한 가장 대찬 단어들로 외친다.

"개새끼들! 콱! 쎄리 마! 뽀사 삔다!"

그 서슬에 놈들이 주춤주춤 뒤로 물러나는데, 기세가 확연히 꺾인 모습들이다. 약자에겐 하이에나 떼처럼 무자비하지만, 강자에겐 또 비굴한 것이 양아치들의 근성이리라.

내 손에 먼저 죽는다!

이참에 아주 작살을 내버릴 수도 있지만, 기껏 양아치 패거리나 손봐주려고 지하통로로 돌아온 게 아닌 만큼 김강한이 쇠파이프의 끝으로 두치를 가리킨다.

"어이, 너!"

두치가 주춤하는 중에 김강한이 담담하게 덧붙인다.

"윤 팀장한테 연락해서 지금 즉시 이리로 오라고 해라!"

"이런… 개새끼가 누구한테 이래라저래라 하는 거야?"

두치가 제 밑의 애들 눈 때문에라도 다시 기세를 부리려는 것을 김강한이 여지를 주지 않고 몰아붙인다.

"지금부터 딱 25분 기다려 준다! 그 시간 넘으면 나는 칼같이 사라질 거고, 그러면 아마도 윤 팀장이 널 찢어 죽이려 할 거다!"

"미친 새끼! 무슨 개소리를 지껄이……."

그러나 두치는 미처 말을 맺지 못한 채로 두 눈을 부릅뜬다.

짜악!

차진 소리와 함께 두치의 고개가 홱 돌아간다. 어느 틈에 다가왔는지 김강한이 그의 뺨을 후려갈긴 것이다.

"입 함부로 놀리면 윤 팀장한테 죽기 전에 내 손에 먼저 죽는다!"

두치의 코에서 피가 터진다. 쌍코피다. 그런 채로 놈의 두 눈이 새파란 불이라도 내뿜을 듯이 김강한을 노려본다. 그러나 감히 거친 말을 다시 뱉지는 못하는데, 김강한이 주머니에서 휴대폰과 작은 수첩을 꺼내 놈에게 보여준다.

"이거 강 형이 작업한 거야! 윤 팀장이 애타게 찾고 있을 물건이기도 하지! 이제 뭔 상황인지 좀 알겠냐? 자, 벌써 3분 지나서 이제 22분 남았다! 시간 낭비하지 말고 빨리 연락하는 게 좋을 것 같은데?"

두치가 잠깐 머리를 굴리는 기색이더니 곧 제 휴대폰을 꺼내 들며 한쪽 구석으로 간다. 놈은 그런 중에도 제 부하들을 향해서는 괜한 허세를 부린다.

"도망 못 치게 잘 지키고 있어, 새끼들아!"

뭐, 아님 말고!

김강한은 이제 한판을 벌여볼 생각이다. 강 형과 함께. 강 형은 세상에 없더라도 그가 남긴 유품으로 한판을 벌여볼 작정인 것이다. 공범으로서의 마지막 의리로.

윤 팀장은 25분이 다 차기 전에 도착했다. 서둘러 온 기색이 역력한 그의 곁에는 건장한 체격의 사내 두 명이 따라붙어 있다.

"어디 있습니까?"

윤 팀장의 그 말이 폰과 수첩의 소재를 묻는 것인지, 아니면 강 형의 행방을 묻는 것인지에 대해 김강한은 물건과 강형 둘 다에 대한 물음이리라고 일단 정리한다.

"강 형은 사라졌소!"

김강한은 슬쩍 말투를 바꿔본다. 하오체? 물론 익숙한 말투는 아니다. 또한 의도적으로 윤 팀장의 레벨을 깎자는 것도 아니다. 다만 이제부터의 '한판'에서 그 스스로 적당히 편한 위치에 서고 싶어서이다.

"사라지다니요? 어디로 말입니까? 그리고 왜요?"

윤 팀장이 가볍게 미간을 한번 좁혔지만, 그러나 여전히 다듬어진 투다. 몸에 밴 것처럼.

"나도 모르겠소!"

윤 팀장이 설핏 당혹스러운 기색이 되지만, 이내 차분한 투로 다시 묻는다.

"강 선생이 작업한 내용을 가지고 있다고 하던데, 사실입니까?"

"그렇소!"

"그럼 그것, 제게 넘겨주시겠습니까? 아, 물론 강 선생께 드리기로 한 수고비는 그대로 지불하겠습니다. 물건만 틀림없다면."

"뭐, 그렇게 합시다! 그런데……."

김강한이 슬쩍 말을 줄였다가 다시 잇는다.

"내가 보기에 이 내용 가지고는 아무짝에도 쓸모가 없을 듯한데? 강 형이 지금까지 넘겨준 내용도 마찬가지였을 거고."

순간 윤 팀장의 표정이 크게 변한다.

"그게 무슨 말씀이신지……?"

"그쪽에서도 어느 정도는 알고 있을 것 같은데… 아닌가? 뭐, 아님 말고!"

그리고 김강한은 짐짓 그게 큰 관심거리는 아니란 듯이 폰과 수첩을 꺼내 든다.

"자, 이거 가져가쇼. 아, 돈부터 먼저 주고."

"잠깐! 잠깐만요! 방금 그 말씀, 조금 더 자세하게 해주시면 안 되겠습니까?"

윤 팀장이 조급한 투로 되는 데 대해 김강한이 희미하게 미소를 떠올리며 받는다.

"일단 이 거래부터 끝냅시다. 자, 돈부터."

"여기 있습니다."

윤 팀장이 내미는 봉투를 살짝 벌려보니 오만 원짜리가 제법 두툼하다. 김강한은 문득 가슴 한구석이 저려온다. 이백만 원. 겨우 이까짓 돈이 강 형의 목숨값인 듯 여겨져서이다. 그러나 그는 대범한 체 대충 가늠만 해보고는 봉투째 바지 주머니에 쑤셔 넣는다.

들었던 가락

"여기서 이럴 게 아니라 어디 조용한 곳으로 가서 차라도 한잔 마시면서 말씀 나누도록 하시죠?"

윤 팀장이 사뭇 적극적으로 나오는 것을 김강한이 간단히 거절한다.

"뭐, 차는 됐고. 그쪽에서 관심이 있어 하니까 내 간단히 몇 가지만 말해주겠소."

윤 팀장이 눈빛을 반짝이며 집중하는 것을 보며 김강한이 차분하게 말을 잇는다.

"사실 강 형과는 두어 달 전부터 함께 작업을 해왔소. 강 형이 도와달라고 부탁을 해오더라고."

"강 선생께서 부탁을 했다면… 미처 몰랐더니 선생께서도 고문(古文)과 한문학(漢文學) 쪽에 조예가 깊으신 모양이군요?"

윤 팀장이 슬쩍 끼어들며 졸지에 그를 '선생'으로 격상시킨다. 그런 중에 다시 윤 팀장의 그 물음에는 설핏 불신의 느낌이 섞여 있다. 김강한이 짐짓 덤덤하게 답해준다.

"조예는 모르겠고, 한문학을 전공한 건 맞소."

"실례가 안 된다면… 강 선생과는 어떤 관계이신지 질문을 드려도 될까요?"

"뭐… 관계까지는 아니고, 한 육칠년 전에 내가 박사 과정을 밟을 때 논문 참고 자료 때문에 처음 인연을 맺었소."

"아, 그러시군요! 그런데 박사 과정이라면 혹시… 어느 학교에서……?"

그쯤에선 김강한이 가볍게 인상을 그려준다.

"지금 나 취조하는 거요?"

"아, 아닙니다! 그럴 리가요?"

당황스럽다는 모양새를 보이는 윤 팀장을 김강한이 조금쯤 더 몰아세운다.

"내가 요즘 형편이 좀 여의치 않아서 이런 데까지 오긴 했지만, 어쨌든 이 돈 이백만 원이면 당장의 급한 불은 끌 수 있게 되었으니 더 이상 이러쿵저러쿵 쓸데없는 얘기를 할 필요는 없는 것이고, 난 그만 가보겠소."

"제가 어느 부분에서 말실수를 한 것 같은데, 정중히 사과드리겠습니다. 그러니 진정하시고 하시던 말씀은 마저 해주십시오. 부탁드리겠습니다."

윤 팀장이 정중히 사과까지 하는 데야 김강한이 짐짓 못이기는 체 인상을 푼다.

"좋소. 그쪽에서 그렇게 부탁을 하니까 내 간단하게만 말해주겠소. 단적으로 말해서 그동안 작업한 내용에 오류가 있고, 그 오류로 인해서 전체 내용을 취합해 놓고 보면 이게 도통 뭔 소리를 하는 건지 종을 못 잡고 헤맬 수밖에 없을 거란 얘기요."

김강한이 강 형에게 들은 가락이다. 물론 그게 무슨 의미인지는 그 또한 도통 뭔 소리인지 맥락조차 잡지 못하는 것이지만.

"아!"

윤 팀장이 탄성처럼 나직이 뱉고는 곧바로 묻는다.

"그렇군요. 오류가 있었군요? 하면 선생께서는 그 오류를 바로잡을 수 있겠습니까?"

"오류를 발견해 낼 수 있다는 건 당연히 바로잡을 수도 있다는 얘기 아니겠소?"

김강한이 슬쩍 퇴박을 준다. '뭘 그런 당연한 걸 다 묻고 그러시오?' 하는 투다.

"아, 예, 그렇군요. 죄송합니다."

윤 팀장이 얼떨결에 사과를 하면서도 막상은 사뭇 흥분이 된 모양새다.

하려면 하고 말려면 말고!

"이 작업은 저희에게 대단히 중요한 의미가 있는 일입니다. 그래서 부탁드리건대, 선생께서 말씀하신 그 오류 부분의 수정을 포함해서 작업된 내용 전반에 대해 보완을 좀 해주실 수는 없겠습니까?"

윤 팀장의 그 말에 대해서는 김강한이,

"음, 수정에다 보완이라?"

하고 짐짓 건성으로 반문해 놓고는 잠시간 틈을 가진 다음 차분하게 잇는다.

"그러자면 결국 문건의 전체 내용에 대해 완벽하게 재해석을 해달라는… 지금 그런 얘기요?"

윤 팀장이 즉각 고개를 주억거린다.

"그렇습니다. 선생께서 수락만 해주신다면 사례는 최상급으로 해드리겠습니다."

김강한이 다시금의 틈을 두다가 불쑥 묻는다.

"최상급이라면… 얼마나 주겠다는 거요?"

윤 팀장이 비로소 담담하게 웃는 얼굴이 되며 받는다.

"얼마를 생각하시는지 먼저 말씀을 해주시죠."

"아까도 얘기했지만 내가 요즘 형편이 좀 좋지를 않아서… 사실은 큰돈이 좀 필요하오."

"말씀해 보십시오. 곧바로 저희 대표님께 보고드리고 가부의 답을 드리도록 하겠습니다."

윤 팀장이 보이는 적극성에 대해 김강한은 잠시 염두를 굴려본다.

'역시 저들도 천락비결과 천공행결, 그리고 천환묘결의 신묘(神妙)함에 대해 어느 정도는 알고 있는 것이리라. 그래서 이렇게까지 집착을 보이는 것 아니겠나? 그렇다면… 강 형의 말처럼 한번 배짱을 부릴 필요가 있다. 좋다. 일단은 뻥카부터 날리고 저쪽에서 과연 어떻게 나오는지 반응을 보는 거다.'

"10억!"

김강한의 뻥카에 윤 팀장의 눈이 커진다. 적어도 그가 예상한 것보다는 한참을 상회하는 액수이기 때문이리라. 하긴 강 형과는 기껏 몇 십만 원에서 최고라야 마지막의 이백만 원에 불과한 것을 단숨에 억도 아니고 십억 단위로 때려놨으니 그럴 만도 하다.

"지금… 10억… 이라고 하셨습니까?"

"왜? 너무 작게 불렀소? 더 부를까?"

김강한이 짐짓 담담한 투로 반문한다.

'하려면 하고 말려면 말고!'

이 양반이 진짜 누굴 핫바지로 아나?

윤 팀장이 조금 떨어진 곳으로 가서 한참을 통화 중인데, 휴대폰 저쪽에서는 아마도 윤 팀장이 보고하는 내용의 진위 여부를 되풀이하여 확인하는 듯하다. 이윽고 윤 팀장이 돌아온다.

"저희 대표님께서는 일단 선생의 말씀을 믿어보겠다고 하십니다. 그리고… 두 가지 사항에서만 서로 간에 이견이 없다면 선생께서 제시하신 금액을 수용하시겠답니다."

김강한이 가볍게 어깨를 으쓱해 보이는 것으로만 반응하자 윤 팀장이 이어서 묻는다.

"첫 번째 사항은 작업 기간이 얼마나 걸리겠느냐 하는 것입니다."

"오류 부분에 대해 이미 상세 체크가 되어 있으니 그렇게 오래 걸릴 것은 없소. 한 달? 아니, 빠르면 2주 정도?"

"아, 그러시군요. 예, 아주 좋습니다."

기대 이상의 대답인 듯 윤 팀장은 사뭇 만족스럽다는 기색을 보이며 다시 말을 계속한다.

"두 번째 사항은… 사실 이건 서로 간에 이견이 있을 사항은 아니고, 다만 선생께서 최고의 환경에서 작업하실 수 있도록 저희 쪽에서도 최대한으로 돕겠다는 취지입니다. 즉 기간 중에 선생께서 작업에 전념하실 수 있도록 사무 공간과 생활 거처를 포함한 기타의 모든 편의를 최상급으로 제공해 드리겠다는 것입니다."

그러나 그것에 대한 김강한의 반응은 대번에 시큰둥하다.

"뭐… 혹시 내가 중간에 사기 치고 도망이라도 칠까 봐 그러는 것 같은데… 그런 걱정은 마쇼. 내가 지금은 비록 좀 궁핍한 처지에 몰려 있지만 그래도 학자로서의 자존심은 마지막까지 지키고 갈 사람이니까."

윤 팀장이 설핏 어색한 미소로 고개를 가로젓는다.

"오해십니다. 제가 어떻게 그런 뜻으로야 말씀을 드렸겠습니까? 말씀드린 대로 어디까지나 선생을 돕겠다는 선의에서입니다. 이를테면 작업을 하시자면 문건의 원본과 그동안의 해석 내용 등의 관련 자료들이 당장 필요하실 텐데, 저희들이 컴퓨터에다 일괄적으로 저장해서 제공해 드리면 작업하시기에 한결······."

김강한이 말을 잘라 버린다.

"글쎄, 그쪽에서 그런 걱정까지 할 필요가 없다니까 자꾸 그러네? 그거··· 강 형이 그동안에 작업한 내용의 원본과 해석본 일체를 따로 저장해 놓은 USB가 나한테 있어요. 됐소?"

"USB··· 가 따로 있다는 말씀입니까?"

윤 팀장이 설핏 당황스러운 기색이다. 그에 김강한이 느긋하게 덧붙인다.

"아, 물론 지금은 안 가지고 있고··· 믿을 만한 데다 맡겨놓았는데 혹시 나한테 무슨 일이 생긴 것 같으면 이쪽 분야의 몇 군데 전문 사이트에다 내용 전문을 공개하라고 해두었지. 흐흐흐! 세상이 워낙 험하다 보니 최소한의 보험이라도 될까 싶어서 말이오."

윤 팀장이 다시 담담한 기색으로 돌아가며 차분하게 받는다.

"아무래도 저희에 대한 오해가 크신 것 같습니다. 선생께서도 문건의 내용을 다 보셨을 텐데, 거기 어디에 범죄나 부정, 혹은 비리와 연관되는 부분이 있었습니까? 저희가 만만치 않은 시간과 노력을 들여서 이 작업을 하고 있는 건 다만 고대의 희귀 문건을 제대로 해석해 보려는 학술적인 이유에서일 뿐입니다. 그러니 설령 어떤 오해로 인해 이 내용이 세상에 공개된다고 해서 무슨 문제가 될 소지는 조금도 없을 것입니다. 선생, 진심으로 말씀드리건대, 저희를 절대적으로 믿으셔도 좋습니다. 강 선생과도 벌써 일 년 넘게 일을 해왔는데, 그동안에 저희 쪽에서 약속을 어긴 적은 단 한 번도 없지 않았습니까?"

덤덤하니 듣고 있던 김강한이 싱긋 웃으며 받는다.

"일개 노숙자에 불과한 강 형에게 일 년이 넘도록 작업을 맡겼고, 이제는 또 나같이 불확실한 사람한테다 자그마치 10억 원을 선뜻 쓰겠다고 하는 당신들에게 아무 구린 구석이 없다고? 절대적으로 믿어도 좋다고? 흐흐흐! 이 양반이 진짜 누굴 핫바지로 아나? 이보쇼, 더 이상 긴말하기 싫으니까 당신네 대표라는 사람한테 전하쇼. 난 일할 때는 자유로워야지 누구한테 감시받는 분위기에서는 절대 일 못 한다고. 내 방식대로 일을 맡길 건지, 아니면 말 건지 딱 부러지게 둘 중 하나를 결정하라고."

계산은 한 번에 하는 걸로 합시다!

다시 통화를 끝내고 돌아오는 윤 팀장의 표정이 사뭇 밝다.

"저희 대표님께서 전적으로 선생을 믿고 작업을 맡기시겠답니다."

내심으로 흥분이 차오르는 것을 애써 억누르며 김강한이
짐짓 덤덤하게 고개를 끄덕인다.

"알았소. 그럼 일을 맡는 걸로 합시다."

"감사합니다. 그럼 우선 계약금 조로 얼마라도 넣어드릴 테
니 계좌번호를 알려주십시오."

윤 팀장의 그 말에는 김강한이 피식 실소하며 받는다.

"훗! 나 같은 사람을 뭘 믿고 계약금부터 주겠다는 거요?
안 할 말로 계약금만 챙기고 그냥 날라 버리면 어떡하려고?"

"하하하! 별말씀을 다……."

"후후후! 그리고 지금 내 처지가 좀 그래서… 불러줄 계좌
번호도 없소. 그러니까 일단 작업부터 끝내고 계산은 한 번에
하는 걸로 합시다. 그 자리에서 작업한 내용을 확인하고 깔끔
하게 딱 교환하면 될 거 아뇨?"

"그러시다면야 저희로서는……."

딱히 이의가 있을 게 없다는 말일 텐데, 김강한이 간단히
말을 자른다.

"자, 그럼 됐고, 스마트폰이나 하나 주시오. 연락할 전번 하
나 찍어서. 내가 필요할 때 그쪽하고 연락도 주고받고 또 작
업을 끝낸 뒤에는 거기에다 작업 내용 일체를 담아서 줄 테니
까."

윤 팀장이 같이 온 사내들 중 하나의 스마트폰을 받아서

김강한에게 건넨다. 최신형이다.

행결(行訣)

지하통로를 나오자마자 김강한은 휴대폰의 배터리를 분리한다. 그리고 도로변 인도를 따라 천천히 걷는데 짐작대로 꼬리가 따라붙는 것 같다. 외단의 범위 밖이라 다만 느낌일 뿐이지만 아마도 그럴 것이다. 그의 계산에 따르면.

꼬리를 자를 생각으로 택시를 탈까 하다가 그는 피식 실소를 흘린다. 문득 행결을 떠올리고서이다. 천공행결의 행결(行訣)이다. 실소를 거두기도 전에 기대가 교차한다. 행결의 구결이 생생하게 떠오르면서이다. 슬쩍 행결을 운용해 보자 금방 몸이 가벼워지는 느낌이다.

앞쪽에서 길이 두 갈래로 갈라지고 있다. 그는 오른쪽의 일방통행로로 꺾어든다. 그리고 다시 마주치는 갈림길에서는 인적이 뜸한 좁은 골목길로 접어들면서 본격적으로 행결을 운용한다. 순간 몸이 쭉쭉 앞으로 나아간다.

한참을 달리고 나서 고개를 돌려본다. 딱히 미행이라고 의심할 만한 정황은 보이지 않는다. 이제쯤 멀찍이 처진 것이리라. 그러나 그는 다시 행결을 운용한다. 이제는 스스로 속도감을 느낄 수 있을 만큼 몸이 앞으로 쭉쭉 치고 나아간다. 빠르다. 기분 같아서는 자동차와 경주해도 될 것 같다.

그뿐이 아니다. 빠르게 달리는 중에 그의 몸은 점점 더 가벼워져서 발을 세게 구르면 몸이 허공으로 떠오를 듯하다.

그는 정말로 훌쩍 도약해 본다. 순간 몸이 붕 떠오르는 것 같더니 단번에 육칠 미터쯤을 날아가서 발이 땅에 닿는다. 아주 가볍게. 정말로 육칠 미터쯤인지는 정확하지 않지만 기분상은 그렇다.

사전 준비

김강한은 시내 S호텔에 도착한다. 행결을 시험해 본 다음에는 다시 택시를 타고 오는 길이다.

S호텔은 오성급 호텔로 건물의 외관부터가 깔끔하다. 로비로 들어간 그는 엘리베이터를 타고 제일 꼭대기 층으로 올라간다. 25층이다. 25층에서 다시 옥상으로 올라간다. 옥상은 녹색의 정원으로 꾸며져 있다.

그는 옥상 난간에 서서 아래를 내려다본다. 시내의 야경을 구경하려는 건 아니다. 호텔 주변의 풍경을 자세히 눈에 담아 둔 그는 다시 엘리베이터를 타고 1층으로 내려온다.

로비의 안내 데스크에서 주차장 이용에 대해 물어보자 지하 주차장은 없고 호텔 경내의 야외 주차장과 한 동의 주차 빌딩이 따로 있다고 한다.

그는 로비의 커다란 회전문을 빠져나간다. 바깥 현관에는 분재 소나무가 심긴 대형 화분 세 개가 적당한 간격으로 벌려 서 있고, 그 앞쪽은 바로 경내 도로다. 새삼 둘러보니 호텔의 경내는 제법 넓고 조경도 잘되어 있다.

호텔을 벗어난 그는 인근의 대형 쇼핑센터에 들른다. 그리 고 우선 잡화 코너에서 하드 케이스 가방 하나를 고른다. 알 루미늄 재질의 튼튼한 구조에 내부가 꽤 깊숙해서 용량이 일 반 007가방의 두 배쯤 되는 넉넉한 크기다.

이어 그는 문구 코너로 간다. 큼지막한 스티커 몇 종류를 보면서 코너 담당자에게 가장 접착력이 강한 걸 물으니 하나 를 골라준다. 배가 훤히 드러나는 붉은색의 윗옷 하나만을 달랑 걸쳐 입고 귀엽게 웃는 얼굴의 곰돌이 푸우 스티커다. 그는 곰돌이 스티커 세 장을 사고 면 테이프도 하나 산다.

가까운 화장실로 간 그는 빈 칸으로 들어가서 문에다가 곰 돌이 스티커 한 장을 붙인다. 그리고 다시 떼어본다. 과연 접 착력이 상당하다. 온전히 떼어지지 않고 찢어지거나 하얀 속 지가 남은 채로 인쇄된 겉면만 떼어진다.

그는 하드 케이스 가방의 양면에다 남은 곰돌이 스티커 두 장을 붙인다. 이어 잠금장치의 비밀번호를 새로 설정하고 다 이얼을 임의로 돌려놓는다. 그리고 가방이 열린 상태에서 잠 금장치 양쪽에다 면 테이프를 두껍게 감는다. 가방이 잠기지 않도록.

화장실을 나와 의류 코너로 간 그는 등산복 한 벌과 모자를 사고 쇼핑센터를 나온다.

어떻게 확인을 하건 그건 내가 알아서 할 일이고

김강한은 휴대폰에 배터리를 끼우고 윤 팀장에게 전화를 한다.

"내가 아까는 당신들을 믿기 어려워서 사실대로 얘기를 안 했는데, 문건에 대한 재해석 작업은 벌써부터 완료가 되어 있는 상태요. 내가 해야 할 작업은 이미 끝나 있다는 거요. 그러니 2주까지 갈 것 없이 내일이라도 만나서 내용을 확인하고 깔끔하게 계산을 끝내는 걸로 합시다."

휴대폰 저쪽의 윤 팀장이 당황하는 듯하다.

"잠시만 기다려 주십시오. 저희 대표님께 보고드리고 곧바로 답을 드리도록 하겠습니다."

"거참, 하여간 복잡하네. 3분, 3분 내로 전화하시오. 안 그러면 폰 꺼버릴 테니까."

김강한은 일방적으로 전화를 끊어버린다. 그리고 정확히 3분 뒤 윤 팀장으로부터 전화가 온다.

"1초만 늦었으면 폰 꺼버렸을 거요."

김강한이 슬쩍 까탈을 부리지만 윤 팀장은 사뭇 차분하다.

"저희 대표님께서 그렇게 하자고 하십니다. 다만 이미 합의된 대로 양자가 직접 만나서 내용을 확인할 수 있어야 합니다."

"물론이오."

김강한이 간단히 응하고는 짐짓 딱딱한 목소리로 잇는다.

"단, 만에 하나라도 수작을 부리려 한다면 당신들은 영원히 원하는 것을 얻을 수 없을뿐더러 이미 경고한 대로 기존의 작업 내용 전부가 온라인에 공개될 거라는 점을 다시 한번 명심하시오!"

"저희를 절대적으로 믿으셔도 좋다고 다시 한번 말씀드립니다. 서로 만나는 자리에는 저희 대표님께서 직접 나가실 거고, 내용도 직접 확인하실 겁니다. 만나보시면 아시겠지만, 그분은 기껏 10억 정도에 신뢰를 깨실 분이 결코 아닙니다. 정말 믿으셔도 좋습니다."

이어 윤 팀장은 설핏 서두는 느낌으로 묻는다.

"그럼 내일 만날 시간과 장소는 어떻게 하실 겁니까?"

"음, 일단 시간은 내일 밤 9시로 합시다. 그리고 장소는 내일 밤 8시까지 알려주겠소."

"8시면… 저희 쪽에서 한 시간 만에 약속 장소로 가기에는 아무래도 너무 촉박할 것 같습니다만……?"

"촉박하지 않도록 장소를 잡을 테니 걱정 마쇼. 그리고 계산에 관한 건데, 우선 내일 밤 7시까지는 전액을 5만 원권으로 준비하시오."

"예? 9시에 만날 건데 굳이 7시까지 돈을 준비하라고 하는 건 또 왜입니까?"

"당신들이 정말로 돈을 준비했는지 미리 확인하겠다는 거요. 어쨌든 시간 맞춰 준비하시오. 정각 7시에 내가 직접 확인할 테니까."

"직접 확인하시겠다니… 어떻게……?"

"어떻게 확인을 하건 그건 내가 알아서 할 일이고, 당신들은 어쨌든 내가 요구한 것들이나 정확하게 지키시오. 만약… 그것들 중 어느 것 하나라도 어긋나면 그 즉시 이 거래는 끝이오. 그리고 두 번째는 결코 없소. 완전히 끝!"

돈을 확인시켜 주시오!

약속 당일 저녁 6시 50분. 김강한은 지하통로로 들어선다.

여느 때처럼 조 영감은 벌써부터 자리를 차지하고 앉아서 멍한 시선을 허공에다 박아두고 있다. 김강한은 조 영감의 앞에다 하드 케이스 가방을 내려놓는다. 닫히지 않도록 잠금장치 부위에 면 테이프를 두껍게 발라둔 그대로다.

조 영감은 놀라거나 의아해하지도 않고 그저 멍한 눈빛으로 그를 본다. 그가 준비해 간 비닐봉지에서 소주 한 병과 족발 한 팩을 꺼내놓자 그제야 조 영감의 눈빛에 돌연 생기가 돈다.

"영감님, 이거 좀 가지고 있어요. 곧 두치 패거리가 찾으러 올 테니까 손끝도 대지 말고 그냥 가지고만 있어요."

군이 두치 패거리를 들먹거린 것은 조 영감이 혹시 엉뚱한 호기심이나 욕심을 부리지 않도록 미리 겁을 주는 차원에서이다. 곧장 지하통로를 나온 김강한은 7시 정각에 윤 팀장에게 전화를 한다.

"돈 준비되었소?"

"물론입니다."

윤 팀장의 대답이 간결하다.

"좋소, 그럼 지금 즉시 돈을 가지고 그 지하통로로 가시오!"

"지하통로에는 왜……?"

"내가 돈을 확인하겠다고 하지 않았소? 지하통로에 가보면 저절로 알게 될 거요. 가는 데 얼마나 걸리겠소?"

"30분쯤… 걸립니다."

"좋소, 그럼 7시 30분에 다시 전화를 걸겠소!"

김강한이 일방적으로 전화를 끊고는 휴대폰에서 배터리를 분리한다. 7시 30분. 김강한은 휴대폰에 배터리를 다시 결합하고 윤 팀장에게 전화를 한다.

"도착했소?"

"예. 지금 지하통로 안에 있습니다."

"그럼 지금부터 영상통화로 합시다."

영상통화로 전환하자 지하통로 내의 풍경이 보인다. 윤 팀장과 그의 주변으로 건장한 사내 대여섯 명이 보이는데, 아무래도 10억의 현금을 지니고 있으니 단단히 호위를 붙인 것이리라.

"강 형 자리 바로 옆의 조 영감에게 하드 케이스 가방 하나를 맡겨두었소."

윤 팀장이 곧장 조 영감에게로 가서 하드 케이스 가방을 화면에 비춘다.

"자, 이제 준비된 돈을 확인시켜 주시오."

폰의 화면에 5만 원 지폐 다발이 비친다. 그리고 다발을 넘기면서 보여주는데, 확실하게 다발 속까지 5만 원짜리 지폐가 맞다.

"이제 하드 케이스 가방 안에 돈을 넣으시오."

돈다발이 하드 케이스 가방 안에 차곡차곡 채워진다. 이윽고 500만 원 다발 200개가 다 채워지자 가방 안이 꽉 찬다.

"잠금장치에 감긴 테이프를 떼어내고 가방을 닫으시오."

찰칵!

하드 케이스 가방이 닫히며 잠기는 소리가 선명하게 전해진다.

"8시 정각에 다시 전화하겠소."

그 말을 끝으로 김강한은 일방적으로 전화를 끊어버린다.

단호하게 해치워야 할 마지막 액션!

택시를 타고 S호텔로 이동한 김강한은 호텔 앞에서 8시가 되기를 기다렸다가 윤 팀장에게 전화를 한다.

"장소는 시내 S호텔이오. 9시 정각에 꼭대기 층의 레스토랑에서 만납시다. 아, 자리 예약은 능력 있는 그쪽에서 알아서 좀 하소. 이왕이면 창가의 전망 좋은 자리로."

전화를 끊고 김강한은 곧장 호텔로 들어가서 엘리베이터를 탄다. 꼭대기 25층에서 내린 그는 화장실로 가서 등산복으로 갈아입는다. 모자까지 쓰자 거울에 비친 그는 제법 다른 사람 같아 보인다.

그는 잠시 숨을 고른다. 걱정이나 두려움 따위는 없지만, 그래도 긴장되고 흥분되는 건 어쩔 수가 없다. 이제 모든 준비는 끝났다. 마지막 한 가지만 남겨두고 있을 뿐이다. 지극히 간단한, 그러나 단호하게 해치워야 할 마지막 액션.

거울 속의 그가 문득 희미한 웃음기를 머금는다. 그리고 나직이 속삭이는 것 같다.

"사기를 제대로 치려면 우선 배포가 있어야 되는 거거든. 그리고 큰 사기꾼은 먹을 걸 남겨놓고 가는 법이 없어. 먹을 수 있는 건 깨끗하게 다 먹고 난 다음에 바람처럼 유유히 사라지는 것, 그런 게 바로 사기꾼의 풍류(風流)라고 하는 것이지."

화장실을 나온 그는 옥상으로 향한다. 얼굴에 와 닿는 밤바람이 시원하다. 잠시 시간을 보내고 나니 어느새 8시 45분이다. 다시 엘리베이터를 타고 1층으로 내려간 그는 로비를 거쳐 회전문을 통해 현관으로 빠져나간다.

현관에서 누구를 기다리는 듯이 잠시 어슬렁거리던 중에 시간은 이윽고 8시 55분. 그는 예의 그 분재 소나무가 심긴 대형 화분들 중 하나의 뒤쪽으로 가서 호텔로 들어오는 경내 도로의 입구 쪽을 지켜본다. 그리고 얼마 지나지 않아 고급 외제 승용차 한 대가 호텔 경내로 미끄러져 들어온다.

잠시 미끼로 쓰기에는 큰돈이잖아?

"조치는 제대로 취해져 있겠지?"

최도준의 물음에 윤 팀장이 나직하게 대답한다.

"예. 약속대로 그자가 나타나는 즉시 레스토랑이 있는 25층은 원천 봉쇄됩니다. 빠져나갈 구멍은 전혀 없습니다."

"큰소리치지 말고 확실하게 체크해."

"염려 마십시오."

윤 팀장의 시선이 힐끗 차의 뒤쪽 유리 너머를 향한다. 15인 승의 승합차 한 대가 그들의 차를 뒤따르고 있다.

차가 이윽고 호텔 현관 앞에 선다. 앞자리 조수석의 경호원이 재빨리 내려서 뒷문을 열어준다. 최도준이 먼저 내리면서 윤 팀장에게 한 번 더 주의를 준다.

"가방은 윤 팀장이 직접 챙겨. 잠시 미끼로 쓰기에는 큰돈이잖아?"

"예, 알겠습니다."

윤 팀장이 하드 케이스 가방의 손잡이를 잡은 손아귀에 다시 한번 힘을 꽉 준다. 승용차의 뒤로 정차한 승합차에서 정장 차림의 건장한 사내 십여 명이 우르르 내리고 있다.

바람처럼 사라지다

김강한은 차에서 내리는 사내를 보고 있다. 경호원의 정중한 태도에서, 그리고 뒤이어 내려 옆으로 따라붙는 윤 팀장의 모습에서 그 사내야말로 대표일 터다.

삼십 대 초중반쯤이나 되었을까? 중간 키에 호리호리한 체구, 가지런히 빗어 넘겨서 이마 위로 붙인 머리 하며, 느긋하게 주변을 돌아보는 시선, 그리고 일자로 물린 입매 등에서 젊은 나이치고는 사뭇 무게를 잡고 있는 느낌이다.

그러나 김강한은 대표에 대해서는 다만 그렇게 일별을 했을 뿐이다. 그의 모든 주의는 곧바로 윤 팀장에로, 아니, 그가 바짝 당겨 들고 있는 하드 케이스 가방으로 향한다.

크기, 색상, 디자인, 그리고 무엇보다 가방의 양면에 붙여진 곰돌이 스티커에서 그것은 10억 원의 현찰이 담긴 바로 그 하드 케이스 가방이 확실하다. 1시간 남짓에 똑같은 가방을 구하고 다시 똑같은 스티커를 구해서 붙이기는 어려울 테니까.

승합차에서 내린 십여 명의 정장 사내들이 재빨리 대표와 윤 팀장 주변으로 벌려 설 때, 김강한은 분재 소나무가 심긴 대형 화분 뒤에서 나와 슬그머니 그들에게로 다가선다.

그런 그의 움직임이 사뭇 묘하다. 뛰는 것도 아니고 마치 뱀이 미끄러져 가는 것 같은데 빠르다. 빨라도 보통 빠른 게 아니어서 정장 사내들이 '어?' 하고 경계하는 기색들이 될 때 그는 벌써 윤 팀장의 곁으로 다가선다. 그러고는 곧장 하드 케이스 가방을 낚아챈다. 와중에 가장 먼저 경각심을 표출한 것은 바로 대표이다.

"야! 저 새끼 뭐야?"

대표의 고함 소리에 정장 사내들이 그제야 화들짝 비상이 걸리며 일제히 고함치고 움직이기 시작한다.

"저 새끼 잡아!"

"덮쳐!"

"길목을 막아!"

그때 김강한은 이미 서너 걸음쯤 떼고 있는 중이다. 다만 한 걸음이 사오 미터쯤이나 되니 이미 이십여 미터쯤의 거리를 쭉쭉 뻗어 나간 중이다. 그리고 그의 보폭은 더욱 커진다. 오륙 미터쯤으로.

순식간에 호텔 경내를 벗어난 김강한은 미리 봐둔 경로대로 움직인다. 보폭은 더욱 늘어나 이제는 육칠 미터나 된다. 갑자기 곁을 스치고 지나가는 바람 같은 그의 질주에 몇몇 행

인들이 놀라 뒤를 돌아본다. 그러곤 재차 놀란 듯이 눈을 비빈다.

정장 사내들이 뒤늦게 호텔 밖으로 달려 나왔을 때 김강한은 이미 그림자도 남기지 않고 바람처럼 사라진 뒤다. 그야말로 순식간에 벌어진 일이다.

제1장
—

네가 했던 것과 똑같이

구실

어둠이 내리는 시각, 김강한은 강 형이 묻혀 있는 곳을 다시 찾았다.

"강 형, 다시 올 일이 없으리라고 생각했는데 어쩌다 보니 이렇게 금세 찾아오게 되었습니다."

그는 들고 온 하드 케이스 가방을 강 형이 묻힌 바닥 위에다 놓고 등에 멘 배낭에서 소주 두 병을 꺼낸다.

"자, 일단 한잔합시다."

소주 한 병을 강 형에게 부어주고 나머지 한 병은 그가 나발을 분다.

"사실은 나 제대로 한 건 했습니다. 윤 팀장과 그 위의 무슨 대표인가 하는 친구를 상대로요. 돈도 꽤 두둑하게 챙겼습니다. 후훗! 얼마나 챙겼는지 말하면 놀라서 기절할 걸요? 10억! 흐흐흐! 현찰로 10억! 지금 강 형 위에 놓인 가방에 5만 원짜리 지폐가 가득 들어 있습니다."

그는 다시 배낭에서 소주 두 병을 더 꺼내 한 병을 강 형에게 부어준다.

"이젠 소주 맘껏 마셔도 괜찮지요? 많이 사 왔으니까 양껏 마셔요."

김강한이 또 새로운 병을 나발 불며 혼잣말을 잇는다.

"내가 어떻게 했는지 궁금하지 않습니까? 후훗! 뭐, 내 실력에 제대로 된 사기는 못 치겠고, 어설프게 미끼를 한번 던져 봤는데 놈들이 덥석 물지 뭡니까? 그래서 적당히 밀당을 좀 하다가 돈을 낚아채서 냅다 토꼈지요. 그런데 어떻게 토꼈는지 압니까? 흐흐흐! 그 천공행결 말입니다. 그중에 행결이라고 있는데, 그게 아주 쓸 만합디다."

그는 배낭에 남은 소주 두 병을 마저 꺼내 이번에는 두 병을 다 강 형에게 부어준다.

"이건 강 형에게 처음으로 하는 얘긴데, 사실은 나도 지난 몇 년간은 살아도 사는 게 아니었습니다. 내 인생이 한순간에 왜 그렇게 되었는지 도저히 납득이 되지 않고, 나 혼자 살아

남은 주제에 먹고 자고 싸고 그렇게 태연히 살아간다는 게 또 도저히 용납이 안 되더라고요. 그렇다고 그냥 목숨을 끊어버리지도 못했지요. 먼저 간 사람들에게 너무 미안해서 그냥 하루하루를 살았습니다. 아무 계획도 없이, 아무런 의미도 없이, 하루를 살고 죽지 않으면 또 하루를 살고, 그냥 살아지는 대로. 흐흐흐! 그래도 사람 목숨이 질긴지 어떻게 또 살아지기는 하더라고요."

취기가 돈다.

머리를 세차게 두어 번 흔들자 격동된 심정이 조금은 가라앉는다.

"어떻게 된 건지는 아직 잘 모르겠지만, 나한테 힘이 좀 생긴 것 같습니다. 그래서 그걸 구실 삼아 조금 더 살아볼 작정입니다. 강 형처럼 마지막 잔치를 즐긴다는 마음으로 한바탕 격렬하게 말입니다."

그리고 김강한은 툭툭 옷을 털고 일어선다.

"이젠 정말로 안 올 겁니다. 다시 와봤자 또 구질구질한 얘기나 지껄이게 될 것 같아서……. 그럼 나 이만 갑니다. 잘 계시오."

진짜 마지막으로 해줄 한 가지

미련 같은 것일까? 김강한이 강 형에게는 진짜로 작별을 고

하고 온 터이지만, 그래도 그를 위해 진짜 마지막으로 뭔가 한 가지는 해줘야 할 것 같다는 생각은 여전히 남는다.

한편으로는 강 형을 위해 마지막으로 해줄 그 한 가지로 이제부터 한바탕 격렬하게 살아볼 그의 새로운 시작점을 삼아볼 작정이기도 하다.

강 형을 위해 마지막으로 해줄 한 가지, 그것을 정하는 것은 그렇게 어렵지 않았다.

기억에 남아 있는 정도만으로도 충분하다!

"김 형, 내 얘기 좀 들어볼래?"

그날 밤 강 형은 많은 얘기를 했다.

"…대출받은 돈에다 내 돈까지 탈탈 긁어모아서 물건을 잔뜩 확보했지. 그런데 연락이 안 되더라고. 나중에… 저쪽에서는 펄쩍 뛰어! 무슨 소리 하냐고. 아주 지독한 올가미에 걸려든 거지. 대출금 상환 기일은 금방 도래했고… 가산이자가 막 불어나… 압류… 경매… 파산… 지옥… 도망치고… 사채업자가 부리는 깡패 놈들이 있는데… 노숙자가 된 뒤에도 놈들의 추적은 끝나지 않더군. 신체 포기 각서도 쓰고, 도망치고, 또 잡히고… 하여간 별일을 다 당했어. 특히 그놈은 악마야. 아니, 악마보다 더 악독한 놈이야. 죽이고 싶어. 그럴 수만 있다면, 정말로!"

기억 속 강 형의 얘기는 완전치가 않다. 중간중간 뚝뚝 끊
어진다. 그때 강 형의 혀가 많이 꼬여 있던 데다 그 또한 반쯤
잠에 취했던 까닭이리라. 그러나 기억에 남아 있는 정도만으
로도 충분하다. 그것을 정하는 데는.

그것! 아니, 그자!

강 형이 악마보다 더 악독한 놈이라고 한 자. 할 수만 있다
면 정말 죽이고 싶다고 한 자. 사람 패기를 개 패듯이 해서 개
패라고 불린다는 자.

바로 그자!

왜? 떫다 이거냐?

빌딩과 아파트 숲의 이면에 숨겨지다시피 한 어느 변두리의
주택가. 서울 시내에 아직 이런 곳이 남아 있나 싶을 정도로
좁은 골목과 작고 낡은 주택들이 따닥따닥 밀집된 모습은 그
야말로 빈민가다.

김강한이 좁은 골목길로 들어서자 퀴퀴한 냄새가 우선 그
를 맞이한다.

어른 둘이서 나란히 걷기도 어려울 만큼 좁은 골목을 사이
에 두고서 금방이라도 허물어질 듯이 위태로운 시멘트 담장과

작고 낡은 철문들이 비뚤비뚤 행렬을 이루고 있다.

대부분의 집은 철문이 굳게 닫혀 있고, 아예 빈집인지 녹슨 철문에 커다란 자물쇠가 채워져 있는 곳도 꽤 있다. 또 서너 군데쯤은 아예 집이 헐리고 집터만 덩그마니 공터로 남아 있다.

그런 공터 중 한 곳. 구석에 누군가 내다 버린 세탁기며 TV 등 쓰레기 잡동사니가 한 무더기를 이루고 있는데, 그 옆에서 러닝셔츠만 걸친 사내 둘이 대낮부터 술판을 벌이고 있다.

흘깃 흘겨보는 사내들의 눈빛이 별로 우호적이지가 않더니, 김강한이 시선을 피하며 지나가는 중에 둘 중 담배를 꼬나물고 있던 사내가 불쑥 말을 건넨다.

"어이! 뭔 볼일이래?"

다짜고짜 반말이다. 사내는 사십 대 중반쯤? 굵은 몸통에 불룩하게 나온 배, 거기에다 얼굴까지 불콰하여 마치 한 마리 피둥피둥 살이 오른 도야지 같은 느낌이다.

김강한이 그냥 한번 가볍게 웃어주는 걸로 대답을 대신하고 계속 걸음을 옮기는데,

"야, 우리 형님이 묻잖아! 어른이 뭘 물으면 고분고분하게 대답을 해야지! 하여튼 요즘 젊은 것들이란… 쯧쯧!"

이번에는 도야지 옆에 있는, 깡말라 마른 명태처럼 생긴 사내가 뾰족한 목소리로 끼어드는데, 이쯤이면 거의 시비다. 그

러나 김강한이 좀 더 걸음을 빨리하며 지나쳐 간다. 낮술에 거나한 동네 아저씨들과의 시비가 달갑지 않아서다.

"야, 사람 말이 말 같지 않냐, 이 씨벨 놈아!"

마른 명태가 대뜸 욕을 퍼붓는다. 그런 데는 김강한이 우뚝 멈춰 서며 천천히 돌아선다. 그리고 성큼성큼 마른 명태를 향해 걸어간다. 마른 명태가 설핏 당황하는 기색이다가는 앙상한 어깨에다 잔뜩 힘을 주며 벌떡 일어선다.

"왜? 떫다 이거냐? 근데 이 새끼가 우리가 누군지 알고 같잖게 시건방을 떨어? 확 뼈다귀를 추려 버릴라!"

그러나 마른 명태의 기세는 거기까지다.

짜악!

차지게 올려붙인 귀싸대기 한 방에 마른 명태의 깡마른 몸이 휘청 옆으로 기울더니 그냥 푹 고꾸라지고 만다. 그러곤 얼이 빠진 듯 올려다보며 눈만 끔뻑거린다.

김강한이 차갑게 내려다보자 마른 명태는 감히 마주 보지 못하고 대번에 눈길을 바닥으로 깐다.

개패 지금 어디 있소?

김강한이 시선을 돌리자 도야지 역시 움찔하는 기색이다. 그러나 그는 흔들리더라도 시선을 아주 회피하지는 않고 애써 마주쳐 온다.

김강한이 주머니를 뒤져 손에 잡히는 대로 지폐 몇 장을 꺼내 소주병 옆에다 놓는다.

만 원짜리 석 장이다.

"뭣 좀 물어봅시다!"

김강한이 덤덤하게 던지는 말에 도야지가 잠시 눈치를 재더니 슬그머니 돈부터 챙긴다.

"개패라고 아쇼?"

그 물음에 대해서는 도야지의 얼굴에 설핏 여유가 돌아온다.

"개패? 그 인간, 아주 개차반이라 아래위를 모르기는 하지만 이 바닥 서열로 보면 내 동생뻘이요. 근데 개패는 무슨 일로 찾소? 그 인간 찾아가 봐야 그냥 빈껍데기에다 지랄 같은 성질만 남아서 좋은 꼴은 못 볼 텐데? 혹시 뭐, 일 맡기려고 그러는 거면 나한테……."

"됐고!"

김강한이 단호하게 자르고는 짐짓 차갑게 묻는다.

"개패 지금 어디 있소?"

새삼 눈치를 살피더니 도야지가 아까 챙긴 3만 원을 슬쩍 들어 보인다. 그러곤 사뭇 조심스레 말을 꺼낸다.

"이걸로는 소주 몇 병 값밖에 안 되는데, 쓰는 김에 찌개 안주라도 같이 먹게 조금만 더 쓰면 안 되겠소?"

김강한이 두말없이 다시 주머니를 뒤져 만 원짜리 지폐 석

장을 더 건넨다.

도야지의 얼굴이 대번에 환해진다.

"저기 앞쪽 골목 갈라지는 데서 왼쪽으로 틀어서 쭉 가쇼. 좀 가다 보면 파란색 나무로 된 대문이 나오는데 바로 거기요. 다른 데는 다 철문이고 거기만 나무로 된 대문이니까 찾기 쉬울 거요."

개패 맞지?

잔뜩 퇴색된 페인트가 곳곳에서 들고일어난 나무 대문은 삭을 대로 삭아서 조금만 세게 밀면 그대로 부서져 내릴 듯하다. 김강한이 조심스럽게 밀자 경첩이 녹슨 소음을 힘겹게 토해낸다.

끼이익!

그리고 어두컴컴한 안쪽으로부터 불쾌한 냄새가 확 밀려 나온다.

한 발 안으로 들어서자 머리 높이로 나지막하게 천장이 막혀 있다. 바닥은 그냥 시멘트인데 거기에 두 칸짜리 싱크대가 놓여 있고 그 주위로는 간단한 조리 기구들이 아무렇게나 흩어져 있다. 다시 그 안쪽으로 방문이 하나 있다.

김강한이 다가가 방문을 열자 훅 하니 역겨운 술 냄새가 달려 나온다.

좁고 어두운 방 안에 사내 하나가 잔뜩 허리를 구부린 채로 잠들어 있다. 얼굴 가득 희끗희끗한 수염이 제멋대로 자라 있는 사내의 주위로는 빈 소주병 몇 개가 나뒹굴고 있다.

김강한은 신발을 신은 채 방 안으로 들어선다. 허리를 다 펴면 천장에 머리가 닿기에 조금쯤 숙인 채 발끝으로 사내의 옆구리 즈음을 툭 찍어 찬다.

"컥!"

숨넘어가는 비명을 뱉으며 사내의 허리가 더욱 오그라진다. 그러곤 그대로 호흡을 멈춘 채로 족히 사오 초가 지나서야,

"후우우우!"

하고 힘겹게 호흡이 돌아온다. 그런데 다음 순간이다. 사내가 재빨리 몸을 굴리며 손으로 휘젓듯이 방바닥을 훑는다. 그러다 손에 빈 소주병 하나가 잡히자 튕기듯이 벌떡 몸을 일으키며 벽에다 소주병을 후려친다.

퍽!

소주병이 깨지며 생긴 날카로운 파단면을 김강한을 향해 겨누며 사내가 거칠게 으르렁댄다.

"너 뭐냐?"

김강한이 담담하게 묻는다.

"개패 맞지?"

"이런… 새파랗게 어린놈의 새끼가 누구한테 함부로 개패

래? 그래, 이 씨불 놈아, 내가 개패다. 그러는 넌 뭐냐?"

김강한이 가벼운 걸음으로 성큼 사내 개패에게 다가선다. 동시에 그의 주먹이 간단히 개패의 명치에 틀어박힌다.

"헉!"

헛바람 소리를 뱉으며 개패의 몸이 바닥으로 무너져 내린다.

네가 한 것과 똑같이!

개패는 쓰러진 채로 끊어진 호흡을 되돌리려 발버둥 치고 있다. 그런 개패를 차갑게 내려다보며 어느 정도 진정되기를 기다렸다가 김강한이 차갑게 묻는다.

"강수문이라는 사람 알지?"

"몰라, 개새끼야!"

욕지거리를 뱉는 개패의 목을 김강한이 질끈 밟는다.

"컥!"

개패가 화들짝 비명을 토해낸다. 발에서 조금쯤 힘을 빼며 김강한이 다시 묻는다.

"서해 개발에서 사채 빚 받아 오라고 당신한테 맡겼잖아?"

"이거… 안 치워, 개새끼야?"

다시금의 욕지거리에 김강한이 놈의 목을 밟은 발에 지그시 힘을 가한다.

"커어…억!"

놈의 얼굴빛이 대번에 시뻘겋게 변한다. 김강한이 천천히 발을 떼며 경고한다.

"그 입 한 번만 더 함부로 놀리면 일단 몇 군데 부러뜨려 놓고 나서 다시 시작한다."

"이런 씨……!"

개패가 거칠게 뱉으려다가는 김강한의 경고를 상기했는지 말을 줄인다. 대신 능글거리며 잇는다.

"흐흐흐! 강수문이라고 했냐? 누군지 대충은 알겠다. 그러니까 그 새끼가 보내서 온 거냐? 나 좀 패주라고, 어디 몇 군데 부러뜨리라고 하던? 아님 아예 죽이라고 해? 흐흐흐! 부러뜨리든 죽이든 맘대로 해! 안 그래도 별로 살고 싶은 생각도 없는 참이니까 죽이든 살리든 맘대로 하라고! 흐흐흐!"

놈이 빙글거린다.

김강한의 가슴속에서 차가운 분노가 치밀어 오른다. 개패를 찾아올 때 그의 처음 생각은 놈에게 적당히 고통을 안겨주고 난 다음 강 형에게 잘못했다고 빌게 만들리라는 단순한 정도였다. 그러나 과연 이런 부류의 인간이 몇 대 팬다고 해서, 몇 군데 부러뜨린다고 해서 강 형에 대해 조금이라도 사죄하는 마음이 될까?

"강수문, 강 형은 얼마 전에 죽었다. 죽기 전에 그가 그러더

라. 개패 년 악마보다 더 악독한 놈이라고. 할 수만 있다면 정
말 죽어 버리고 싶다고."

그가 애써 담담하게 하는 말에 개패가 돌변하며 독살스럽
게 뱉는다.

"병신 같은 새끼! 사채 쓰고 못 갚은 제 놈이 잘못이지 누
구를 원망해? 난 그저 일을 했을 뿐이야! 남의 돈 떼먹고 도망
친 놈들 잡아서 빚 받아내는 것! 그게 내 밥벌이라고! 그게 뭐
가 잘못됐는데? 잘못을 따지려면 남의 피 같은 돈 떼먹고 도
망친 놈한테 먼저 따져야 하는 것 아냐?"

김강한이 차갑게 받는다.

"그저 네 일을 했을 뿐이라고? 빚을 받아내는 일? 그런데 너
도 빚을 졌다! 아주 큰 빚이지! 강 형에게 지옥 같은 고통과
공포를 가하고 나아가 인간으로서 더 이상 살아갈 이유를 찾
지 못할 만큼의 처절한 모멸과 좌절, 파괴를 겪게 한 빚! 이
제 너한테 그 빚을 받아내 주마! 네가 강 형에게 한 것과 똑같
이!"

놈이 먼저 시작한 거잖아?

"악!"
"큭!"
놈이 다급하고도 절박한 비명을 토해낸다. 그러나 김강한

은 조금도 사정을 두지 않고 짓밟는다. 분노가 점점 증폭되면서 그는 광기에 취한 것처럼 무자비해진다.

그가 겨우 멈춘 것은 한순간 뭔가 섬뜩한 느낌을 받고서이다.

바닥에 널브러진 개패에게서 아무런 반응이 없다. 한 걸음 뒤로 물러서서 개패를 내려다보는데, 그야말로 엉망이다. 얼굴은 피투성이고 목과 팔 등 피부가 드러난 부위는 온통 붉고 푸르다. 팔과 다리의 관절이 모조리 부러진 듯이 제멋대로 뒤틀린 채로 힘없이 늘어져 있다.

코끝에 손을 대보자 가느다란 숨결이 느껴진다. 죽지는 않았다. 그러나 금방이라도 끊어질 것처럼 미약한 그 숨결에서 그는 새삼 섬뜩하게 실감한다.

그의 발아래 누워 있는 자가 곧 시신으로 변할 수도 있다는 사실을.

그러나 잠깐의 당황이 지나고 나자 그는 이내 담담해진다.

'이제 어떻게 하나?'

당황이나 염려가 아닌, 궁리가 일어난다. 이상할 정도로 차분하게. 그러나 그것도 잠깐, 그는 다시 스스로를 정당화하고 합리화한다.

'놈이 먼저 시작한 거잖아? 놈이 먼저 누군가를 견딜 수 없는 지독한 고통과 공포로 몰고 갔고 결국 죽음에 이르도록

만들었잖아? 그리하여 누군가가 그토록 죽이고 싶어 하던 악
마 같은 놈이잖아? 난 그 염원을 대신 이루어주는 것뿐이고!'

당신은 나만 믿고 그냥 가!

  김강한이 대문을 나서는데, 대문 앞에서 서성거리고 있던
둘이 화들짝 뒤로 물러난다.
  도야지와 마른 명태다.
  "개패는? 설마 뭔 일 생긴 건 아니겠지?"
  도야지가 조심스럽게 묻기에 김강한은 대답 대신 대문에서
비켜선다. 도야지가 힐끗 마른 명태를 본다. 마른 명태가 움
찔하더니 주춤주춤 물러나서는 좁은 골목의 가운데로 버티
고 선다. 마치 김강한이 도망치지 못하도록 막아서기라도 하
는 듯이.
  대문 안으로 들어간 도야지가 금세 다시 밖으로 나온다. 그
러곤 잔뜩 찡그린 얼굴로 김강한에게로 다가와서는 짐짓 목
소리를 낮춘다.
  "사람을 패도 정도껏 패야지, 저렇게 만들어놓으면 어떡해?
이제 어떡할 거야? 저대로 두었다간 진짜로 초상 치르게 생겼
어."
  김강한이 무심하게 도야지에게로 시선을 맞춘다. 그 서슬
에 도야지가 움찔하더니 슬쩍 말을 돌린다.

"내 말은 그러니까… 치료는 받게 해줘야 할 거 아니냔 거지. 뭐, 저런 정도면 치료를 받아도 평생 자리보전하고 누워 지내야 할 것 같긴 하지만."

도야지가 입맛을 다시곤 다시 잇는다.

"하긴 뭐, 수급자니까 어디 요양원이나 넣어주면 되겠지."

김강한이 그제야 가만히 한숨을 불어 내쉰다. 그러곤 등에 메고 있던 배낭에서 검은 비닐봉지 하나를 꺼내 불쑥 도야지에게 건넨다.

도야지가 얼떨결에 받아 들고는 비닐봉지를 열어보더니 두 눈을 부릅뜬다.

돈뭉치다. 그것도 오만 원짜리 지폐 다발. 누가 볼까 싶어 도야지가 비닐봉지 안으로 손을 넣어 대충 세어보는데, 백 장쯤이다.

오백만 원.

도야지의 얼굴이 환하게 펴진다.

"알았어. 내가 깨끗하게 처리할 테니까 아무 걱정 하지 말라고."

그리고 그때쯤 골목으로 나와서 무슨 일인가 관심을 보이고 있던 대여섯 명쯤의 동네 사람들을 향해 거칠게 소리를 지른다.

"뭘 보고 있어, 씨박들아! 남의 일에 괜한 신경들 쓰덜 말고 집구석으로 기어 들어가! 할 짓 없거든 잠이나 처자든지!"

그 거친 위협에 사람들이 총총 사라지고 대문들이 소리 없이 닫힌다.

"신경 쓸 것 없어. 이 골목에선 사람이 죽어 나가도 별 사건도 아냐. 신고 따위는 귀찮아서라도 안 해. 괜히 신고했다가 경찰서로 오라 가라 힘만 빠지거든. 소주 한 병 생기지도 않는 일에 말이야. 하여튼 아무 문제 없도록 내가 다 알아서 처리할 테니까 당신은 나만 믿고 그냥 가. 자, 얼른!"

도야지가 생색을 쏟아내곤 김강한의 등을 떼밀듯이 손짓해 댄다.

딱 거기까집니다!

김강한은 무표정 그대로 금방이라도 허물어질 듯이 위태로운 시멘트 담장과 작고 낡은 철문들이 비뚤비뚤 행렬을 이루고 있는 그 좁은 골목길을 빠져나간다.

무표정과 같이 그의 심정 또한 그저 덤덤하다. 무슨 문제가 생기더라도 상관없다 싶다.

어차피 지켜야 할 것 하나 없는 처지이니 두려울 것도 없다. 문제가 생기면 대처하면 되는 것이고, 대처할 방법이 없다면 맞닥뜨려 부서지면 그만이다.

이미 작정한 바가 아니던가? 조금만 더 한바탕 격렬하게 살아보기로.

그는 나직이 중얼거려 본다.

"강 형, 한 놈만 더 밟아주려고요. 그러나 딱 거기까집니다. 섭섭하고 억울하다고 해도 할 수 없어요. 강 형이 살아온 인생에서 강 형 스스로 책임지고 감수해야 할 부분도 분명 있을 테니 말입니다."

『강한 금강불괴되다』 2권에 계속…

초대형 24시 만화방

신간 100%, 샤워실, 흡연실, 수면실(침대석), 커플석, 세탁기 완비

▪ 광명 광명사거리역점 ▪

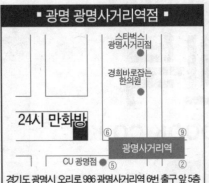

경기도 광명시 오리로 986 광명사거리역 6번 출구 앞 5층
02) 2625-9940 (솔목타워 5층)

▪ 강북 노원역점 ▪

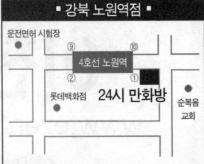

서울 노원구 상계동 340-6 노원역 1번 출구 앞 3층
02) 951-8324 (화용빌딩 3층)

▪ 일산 정발산역점 ▪

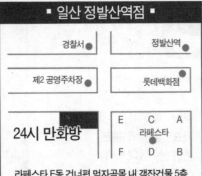

라페스타 E동 건너편 먹자골목 내 객잔건물 5층
031) 914-1957

▪ 일산 화정역점 ▪

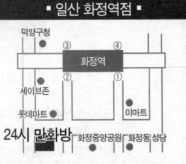

경기도 고양시 덕양구 화정동 984번지 서일빌딩 7층
031) 979-4874 (서일사우나 건물 7층)

▪ 부천 역곡역점 ▪

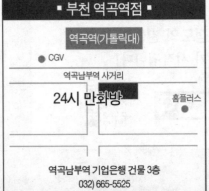

역곡남부역 기업은행 건물 3층
032) 665-5525

▪ 부평역점 ▪

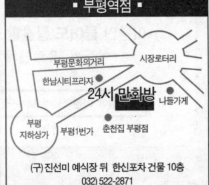

(구)진선미 예식장 뒤 한신포차 건물 10층
032) 522-2871

밥도둑
약선요리王

가프 현대 판타지 소설

MODERN FANTASTIC STORY

유치원 편식 교정 요리사로 희망이 절벽인 삶을 살던
3류 출장 요리사.
압사 직전의 일상에 일대 행운이 찾아왔다.

[인류 운명 시스템으로부터 인생 반전 특별 수혜자로 당첨되었습니다.]
[운명 수정의 기회를 드립니다.]
[현자급 세 전생이 이룬 업적에서 권능을 부여합니다.]
－요리 시조의 전생으로부터 서른세 가지 신성수와 필살기 권능을 공유합니다.
－원조 대령숙수의 전생으로부터 식재료 선별과 뼈, 씨 제거법 권능을 공유합니다.
－조선 후기 명의의 전생으로부터 식치와 체질 리딩의 권능을 공유합니다.

동의보감 서른세 가지 신성수를 앞세워
요리의 역사를 다시 쓰는 약선요리왕.
천하진미인가, 천하명약인가? 치명적 클래스의 셰프가 왔다!

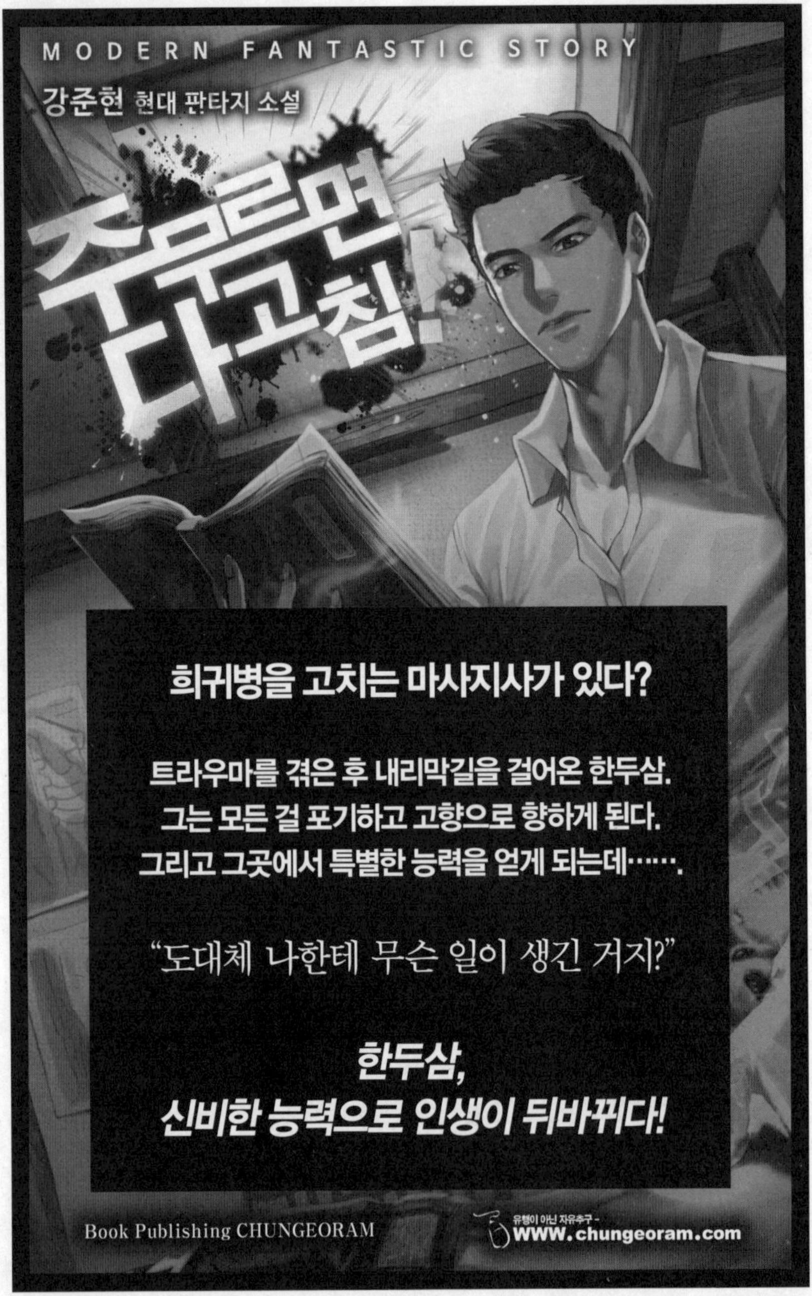
MODERN FANTASTIC STORY
강준현 현대 판타지 소설
주무르면 다 고침!
희귀병을 고치는 마사지사가 있다?
트라우마를 겪은 후 내리막길을 걸어온 한두삼.
그는 모든 걸 포기하고 고향으로 향하게 된다.
그리고 그곳에서 특별한 능력을 얻게 되는데……。
"도대체 나한테 무슨 일이 생긴 거지?"
한두삼,
신비한 능력으로 인생이 뒤바뀌다!
Book Publishing CHUNGEORAM
유행이 아닌 자유추구 -
WWW.chungeoram.com